UN
COQUIN D'ONCLE

PAR

FRÉDÉRIC THOMAS.

II

PARIS,

AU COMPTOIR DES IMPRIMEURS-UNIS,

QUAI MALAQUAIS, 15.

1843

UN

COQUIN D'ONCLE.

Ce roman ne pourra être reproduit qu'avec l'autorisation de l'éditeur.

Paris. — Imprimerie de BOULÉ et Cⁱ, rue Coq-Héron, 3.

UN
COQUIN D'ONCLE

PAR

FRÉDÉRIC THOMAS.

II

PARIS,

AU COMPTOIR DES IMPRIMEURS-UNIS,

QUAI MALAQUAIS, 15.

1843.

XV

Jeu de Bascule.

La comtesse, que ce coup de théâtre avait bouleversée, retomba très pâle sur son siége. Le chevalier, tout naturellement, attribua à la maladie ce qui n'était qu'un effet de l'émotion: cette faiblesse ne le surprit point, mais ce qui l'étonna beaucoup, ce fut la présence de La Briffe. L'oncle de son adversaire chez sa sœur! Toutefois, Saint-Alyre était trop homme du monde pour prendre l'initiative d'une explication; mais la comtesse put comprendre qu'il l'attendait d'elle, à la manière excessivement froide dont il rendit le salut au baron.

— Seriez-vous plus mal, ma sœur? demanda le chevalier avec inquiétude.

— Mon indisposition, répondit Lysimène, ne tiendra pas contre les soins assidus du docteur Rozel.

— Ah! interrompit le chevalier, il paraît que vous en êtes satisfaite?

— Enchantée, rien n'égale sa sollicitude; si bien que, trop occupé pour revenir, il m'a dépêché M. le baron de La Briffe, qui a bien voulu se charger lui-même...

Sans en entendre davantage, le chevalier salua le baron avec courtoisie, et celui-ci fut trop heureux de rendre la politesse, en y mêlant un sourire et une mine des plus gracieuses.

— La fine mouche! réfléchit La Briffe : cette veuve-là me donnerait du fil à retordre; plus que jamais je dois m'opposer au mariage de mon neveu.

— En effet, poursuivit le chevalier en s'a-
dressant au baron ; monsieur est un des cliens
du docteur Rozel ; j'ai déjà eu l'honneur de
voir monsieur les pieds à l'eau.

— Précisément, monsieur, dit le baron, ça
m'a un peu soulagé.

— Il y paraît, observa le chevalier : ce docteur Rozel a donc fort à faire ?

— Je le crois bien, appuya La Briffe ; au
point qu'il refuse des malades. Il ne sait où
donner de la tête ; et un zèle ! une conscience !
Trop. Je lui disais encore tout à l'heure :
« Docteur, modérez-vous un peu ; vous vous
tuerez en guérissant les autres. »

— Tout cela me rassure ; en ce cas, ma sœur,
ce sera avec beaucoup moins de crainte, sinon
avec moins de regrets, que je vais me séparer
de vous.

— Comment ! vous me quitteriez ? dit la comtesse d'une voix émue.

— Oui, ma sœur ; je ne puis rester plus long-temps ici.

— Eh ! pourquoi donc, mon frère ? demanda la veuve alarmée.

— Parce que le duel de ce matin a fait du bruit ; la connétablie est à mes trousses. On a cerné mon hôtel ; et c'est à vous que je dois mon salut ; pour parler à votre docteur, j'étais ce matin à l'endroit où l'on devait le moins me supposer ; chez mon adversaire : comment va-t-il, monsieur le baron ?

— Pas trop mal ! il s'en tirera.

— Je suis heureux de cette nouvelle.

Mais la comtesse, que le départ de son frère affligeait :

— Où allez-vous donc ? demanda-t-elle.

— En Bavière, avec M. le marquis de Parazol.

— Tenez ! interrompit le baron en entendant mentionner le nom du marquis, je sens que j'ai eu tort de sortir ; voilà ma pléthore qui me reprend.

— En Bavière ! répéta Lysmène, si loin ?

— Oui ; M. l'ambassadeur m'a promis un poste d'importance dans cette cour.

— Pour vous y fixer ? s'écria la veuve avec inquiétude.

—Mais non, ma sœur... Un provisoire... Sitôt ma grâce obtenue, je reviens.

La comtesse, désolée de l'exil de son frère, eut bien envie de retenir le chevalier. Que fallait-il pour cela ? lui dire : « Ne partez pas ; l'orage ne sera pas long à se dissiper... Restez caché quelques jours, et cette affaire s'assoupira d'elle-même, parce que votre adversaire est très légèrement blessé ; si légèrement qu'il est là, debout, dans ce cabinet. »

Et pourtant la comtesse se tut : elle n'ignorait pas qu'agir autrement c'eût été ridiculiser

Philippe. Et qui lui répondait qu'un nouveau duel plus sérieux ne s'en suivrait pas ?

— Vous entendez, dit-elle à son frère, que vous promettez de rentrer en France sitôt votre grâce accordée : bien sûr ? Vous vous y engagez sur l'honneur ?

— Sur l'honneur !

— Bien, mon frère, je n'ai plus d'inquiétude ; mais d'ici à ce que vous partiez ?...

— Je pars sur l'heure, interrompit le chevalier ; M. l'ambassadeur n'attend que moi ; il est peut-être déjà en voiture.

— En voiture ! répéta La Briffe, à part lui, c'est un coup du ciel ; je suis sauvé !

— Monsieur le baron, lui dit le chevalier, je vous remercie de ce que vous avez fait pour ma sœur ; et comme un bon office en vaut un autre, je dois vous prévenir que M. de Parazol doit, en partant, déposer une plainte contre vous entre les mains du lieutenant civil.

— Une plainte contre moi ! s'écria le baron en levant les yeux au ciel. Soyez donc vertueux pour être calomnié ! Toujours est-il, monsieur le chevalier, que vous m'obligerez de taire au marquis que vous m'avez rencontré ici : il ne comprendrait pas le motif pour lequel j'ai fait violence à mon mal, il serait capable de me croire guéri, et pourtant Dieu sait combien je souffre !

— Ah ! soyez bien tranquille, monsieur le baron, dit le chevalier.

— Et même, ajouta La Briffe, si, en insinuant à monsieur de Parazol que mon neveu est hors de danger et que je suis, moi, fort souffrant, vous pouviez le faire revenir de sa plainte.....

— Quant à cela, interrompit le chevalier,

je l'essaierai si vous voulez ; mais je ne promets pas de réussir.

Après cet entretien, le frère et la sœur se
firent de touchans adieux, et le chevalier s'arracha très ému des bras de la veuve qui pleurait.

Philippe, délivré de la cachette, mêla ses
larmes à celles de la comtesse ; il lui demanda
pardon de cette affliction dont il était la cause
involontaire, et son ressentiment contre son
oncle s'en accrut encore.

— Voyez, monsieur, lui dit-il avec amertume, tout le mal que vous avez fait : jouis-
sez de notre désespoir.

Mais La Briffe avait repris une attitude
triomphante : le départ de Parazol lui rendait
son autorité pleine et entière. La plainte
dont lui avait parlé Saint-Alyre ne l'inquié-
tait que médiocrement ; en supposant qu'elle
ne fût pas retirée, La Briffe était trop rompu

aux affaires pour ignorer qu'en justice comme en amour les absens ont tort.

Par conséquent, notre homme se sentit fort à cette heure, et, loin de se laisser toucher par les reproches de son neveu, il le gourmanda très aigrement de ce qu'il lui manquait de respect ; et pour couper court à toute récrimination :

— Monsieur mon neveu, lui dit-il, il s'agit de savoir lequel de nous deux est maître. Ma conscience ne me reproche rien.

— Parbleu, si elle ne parle pas ! interrompit Philippe.

— Monsieur, riposta l'oncle, ma conscience parle aussi haut que la vôtre ; elle me dit d'empêcher ce mariage ; j'en ai le droit, et j'en userai.

Philippe frémissait d'indignation, il était exaspéré d'un revirement si brusque. Son oncle ne se croyait plus tenu à des ménage-

mens; le joug de la nécessité ne pesant plus
sur sa tête, il la relevait audacieusement.

— Mais, mon oncle, objectait Philippe,
outré de tant de duplicité, souvenez-vous de
vos promesses... Il n'y a qu'un instant encore...

— Il n'y a qu'un instant, interrompit La
Briffe, je m'étais flatté de vous ramener à
la raison par les voies de la douceur ; mais
non, vous avez préféré me pousser à bout.

Le jeune homme voulut prouver à l'oncle
qu'il n'était pas dupe de son hypocrisie.

— Non, non, mon oncle, lui répondit-il
ce n'est pas là le motif de votre changement
de langage. Ce motif, je le sais : voulez-vous
que je le dise ?

— Dites ! fit l'oncle d'un ton dégagé.

— Il n'y a qu'un instant, vous aviez peur du
marquis de Parazol ; voilà tout le mystère.

— C'est possible, mon neveu, répartit

le baron en persifflant ; mais puisque c'est
là votre croyance, je ne comprends pas que
vous insistiez. Puisque, selon vous, je ne cède
qu'à la peur, et que mon épouvantail a disparu, je ne vois pas alors...

— Eh! vous avez osé dire que vous m'ai-
miez, mon oncle, vous si cruel, si impitoyable ! vous l'avez osé !

— Si je l'ai osé? certainement, répartit La
Briffe, et je le dirai toujours : ce que je fais,
c'est par pure amitié ; vous seul pouvez prétendre que la crainte me fait agir. Eh bien ?
j'en veux tomber d'accord avec vous ; ainsi,
comme votre croquemitaine d'ambassadeur
est parti, comme il est déjà bien loin...

— Monsieur le marquis de Parazol ! cria la
voix de Manette. Après quoi la cameriste, attendant l'ordre de sa maîtresse, resta immobile en deçà de la porte.

Cette simple annonce lancée par la voix

flûtée d'une jeune fille retentit plus terrible
aux oreilles du baron que la trompette du jugement dernier.

Il était attéré, confondu, anéanti ; il se rou-
lait humble, contrit, repentant, aux pieds de
la comtesse qui triomphait à son tour, l'œil
fixé sur Philippe radieux.

Manette ne bougeait pas; la comtesse n'a-
vait pas encore parlé.

— Ayez pitié de moi, madame, balbutiait
le baron, je suis perdu... Lui qui m'a vu ce
matin couché sur mon lit de douleurs !.. que
va-t-il dire ? Laissez-moi me cacher !

La comtesse avait toujours son œil fixé sur
Philippe, mais ne répondait rien.

— Madame, poursuivait le baron, laissez-
vous attendrir.

—Non monsieur, répondit le jeune homme :
le marquis vous verra ; il jugera entre nous.
Vous m'avez assez tourmenté pour que je sois

sans compassion pour votre frayeur, sans indulgence pour votre bassesse.

La Briffe voyant que c'était du neveu que venait la plus forte résistance s'adressa directement à lui.

—Philippe, lui dit-il, mon ami, sauve-moi.. et je t'accorde tout.

— Rien ! fit sèchement le neveu, sans regarder le baron : et s'adressant à la comtesse : Madame, veuillez ordonner qu'on introduise monsieur le marquis.

Terrifié par cette menace, La Briffe courut vers la femme de chambre pour en arrêter l'exécution ; ensuite il retourna vers son neveu.

— Sauve-moi ! répéta-t-il avec force, et je donne mon consentement à ton mariage.

Philippe et Lysimène échangèrent un regard. Le jeune homme hésitait.

— Pour cela, poursuivit l'oncle, qui s'aperçut de l'effet de sa position, il faut que tu me laisses cacher et que tu te montres toi-même : alors le marquis, me croyant toujours malade, et te voyant bien portant, ne déposera pas sa plainte ou ira la retirer.

— C'est parfaitement combiné, remarqua Philippe avec ironie ; par là vous seriez à l'abri de toute poursuite...

— Et comptes-tu pour rien ce que je t'accorde en échange?...

— Non, certes, dit Philippe ; mais qui me répond qu'une fois hors de danger vous tiendrez votre engagement?

La Briffe se gendarma aussi fort que si sa promesse eût été celle de Régulus, et que sa parole eût été comme la femme de César.

— Qui t'en répond? ma parole! dit-il d'un air de majestueuse dignité.

— Le ton dont il prononça ces mots, joint à l'ascendant qu'un long exercice de l'autorité lui avait donné sur Philippe, tout cela étourdit le neveu qui ne trouva pas de réplique et accepta la capitulation.

Quoi qu'il en advienne, nous trouvons que c'était là agir à la légère de troquer un bon *tiens*, contre un seul *tu l'auras !*

Le pacte fut conclu ; La Briffe se jeta dans la cachette qui avait déjà servi à son neveu, et la comtesse donna à Manette l'ordre d'introduire M. le marquis de Parazol.

Le petit homme, une fois libéré de l'antichambre, se précipita vers le fauteuil de la comtesse avec la célérité d'un chien dont on a rompu l'attache.

— Madame, dit-il, le chevalier votre frère vient de m'apprendre que vous étiez indisposée, et je n'ai pas voulu quitter Paris sans vous faire mes adieux.

La comtesse se confondit en remerciemens

pour l'honneur qu'elle recevait de la visite d'un plénipotentiaire.

Au même instant Philippe, qui, assis dans un coin, était resté inaperçu, fit un mouvement qui attira sur lui les yeux de l'ambassadeur.

A cette vue, Parazol effrayé se leva; c'était pour lui une résurrection, et l'apparition d'un revenant ne l'eût pas épouvanté davantage.

— Philippe! s'écria-t-il en reculant de quelques pas, est-il bien vrai?... Mais d'où sortez-vous?

— De mon lit, mon oncle, répondit le jeune homme.

— De votre lit! où vous étiez ce matin... où je vous ai vu... Mais comment cela se fait-il?... N'étiez-vous pas grièvement blessé?

— Pardon, monsieur le marquis, et je ne suis pas encore rétabli.

— J'entends bien ; mais encore... vous voilà debout, par quel prodige du ciel ?

— Ne le cherchez pas si haut, monsieur le marquis, observa finement la comtesse. Eh ! le docteur Rozel, que j'ai le bonheur d'avoir aussi pour médecin...

— Vous aussi ?... Le docteur Rozel ! s'exclama Parazol ébahi : depuis ce matin je n'entends parler que de ce docteur... Ah ça, mais il est décidément bien fameux.

— Vous le voyez, répondit Philippe, il est de ceux que vous aimez, de ceux qui guérissent...

— Oh ! de ceux qui guérissent ! objecta le marquis ; une fois n'est pas coutume. Pourquoi votre docteur n'a-t-il pas guéri madame la comtesse ?

— Oh ! monsieur le marquis, répondit la veuve, un peu de patience ; il ne me soigne que depuis ce matin.

— C'est différent, madame. Et s'adressant à Philippe : — A-t-il guéri votre scélérat de tuteur?

La Briffe, qui écoutait dans son réduit, trembla à cette interrogation.

— Pas encore, mon oncle, répondit Philippe.

— Il a toujours sa pléthore?

— Toujours, mon oncle.

La Briffe remercia sa bonne étoile.

— Parbleu! continua l'ambassadeur, il faut convenir qu'il y a un Dieu pour ce diable de baron... Ah! il peut bien rendre grâce au docteur Rozel de vous avoir tiré d'affaire à point nommé... sans cela, en sortant d'ici, j'allais déposer cette plainte que j'avais là toute libellée dans ma poche... J'avais ordonné à mon cocher de s'arrêter devant le Châtelet... Enfin, il est bien heureux, ce La Briffe, que mes fonctions me tiennent loin d'ici... Cette fois, je déclare qu'il l'a échappée belle.

— Il ne croit pas si bien dire, soupira le baron au fond de sa cachette.

— Monsieur le marquis, poursuivit la veuve, je compte que vous ne garderez pas longtemps M. le chevalier à la cour de Munich?

— Madame, cela va dépendre de vous : obtenez sa grâce, et je vous le renvoie aussitôt. Quant à moi, je ne reviendrai guère que dans un an !

— Bon ! pensa La Briffe dans son refuge; un an, je m'en souviendrai.

— Dans un an ! répéta la comtesse; c'est bienlong, marquis. Est-ce que vous ne seriez pas satisfait de votre voyage?

— Au contraire, madame la comtesse; le roi mon maître m'a reçu avec beaucoup de grâce; les ministres m'ont fait bon visage et bon accueil. J'ai rempli, selon mes vœux,

toutes les missions dont j'étais chargé, excepté
une pourtant.

— Ah! excepté une; et laquelle? demanda
la comtesse en s'empressant d'ajouter cette
restriction, — si toutefois ce n'est pas un secret de la diplomatie.

— Oh! nullement, madame, reprit l'ambassadeur ; le grand duc de Bavière m'avait
chargé de lui amener un médecin de France.

— C'est facile, vous n'aviez que l'embarras
du choix.

— Cet embarras a suffi pour me faire abstenir, madame. Dans une question où il y va
de la vie, je n'ai pas osé prendre une détermination. Et puis, c'est la faute de vos médecins; j'ai dit à tous les postulans : Faites
deux ou trois cures, là, en ma présence...
Personne n'a rempli ce programme... Maintenant, j'en suis bien aise; je n'ai qu'une
place à donner dans mon carrosse, et mon-

sieur votre frère l'occupe... Je verrai à un
autre voyage... Et, à ce propos, je vous serai
obligé de dire à M. Rozel que j'ai quelque
confiance en lui... A mon retour, nous pour-
rons peut-être nous entendre... Si je lui vois
opérer deux ou trois cures (car celle de
mon neveu peut être un coup de hasard plutôt qu'un coup de maître), eh bien! alors je
le prendrai probablement... Quelle charge
magnifique, premier médecin du grand-duc
de Bavière et de sa cour!

L'ambassadeur réitéra ses civilités, tendit la
main à son neveu et prit congé de la comtesse.

L'ambassadeur était déjà hors de l'hôtel,
que le baron de La Briffe ne songeait pas encore à sortir de son réduit : il fallut que son
neveu allât le délivrer.

L'oncle, hors de sa prison, étend les bras en
l'air comme un homme qui use, dans sa plus
grande latitude, de son premier moment de
liberté. Après quoi il se frotte les mains tout

joyeux, et, se plaçant en face de son pupille :

— Eh bien ! mon neveu, lui dit-il.

— Eh bien ! mon oncle, répéta le neveu, vous devez être content.

— Je suis parfaitement content.

— Vous voyez que de notre côté toutes les conventions ont été fidèlement exécutées.

— Oui, je me plais à le reconnaître, fit La Briffe. Il n'y a rien à dire.

— C'est maintenant à vous à remplir les vôtres.

— Sans doute, et je ne demande pas mieux: mais...

— Oh! répliqua doucement Philippe, vous l'avez si bien promis, que vous ne songez même pas à vous dédire, j'en suis convaincu : mais pas de restrictions, pas de réticences, pas de retard.

— Comme tu y vas, mon neveu, observa l'oncle; on voit bien que tu ne connais rien aux affaires... Tu me donneras peut-être bien le temps de me retourner. Il y a une foule de formalités à remplir.

— Nous savons cela, monsieur le baron, dit la veuve, en se mêlant à la conversation, dans la crainte que Philippe n'y apportât trop d'a-crimonie; mais nous ne prétendons pas non plus que ce soit l'affaire d'un jour.

— Voilà qui s'appelle raisonner, continua l'oncle, s'adressant à la comtesse, qu'il crut pour le moment de meilleure composition. Avant tout, j'ai à rendre mes comptes de tu-telle, et pour si régulière, pour si intègre qu'ait été ma gestion, il faut encore du temps pour tirer cela à clair.

— Et combien de temps faut-il? s'écria Phi-lippe, qui commençait à s'exaspérer.

— Que sais-je... On ne peut prévoir au juste... Quelquefois une difficulté qui survient allonge le travail... comme aussi ça peut être plus court qu'on ne l'imagine.

Le jeune homme se voyait reporté sur ce terrain mobile des incertitudes; il devina la pensée du baron.

— Mon oncle, dit-il, vous avez donné votre parole de nous unir, et ce ne serait pas d'un gentilhomme d'y manquer.

Ces expressions étaient mesurées; mais l'air dont il les prononçait leur donnait une énergie et une valeur que virtuellement elles n'avaient pas.

La Briffe haussa les épaules.

— Mais qui vous parle, monsieur, de manquer à sa parole, reprit-il? ce n'est plus entre nous qu'une simple question de temps.

— Eh bien! soit, répliqua le neveu, comme s'il eût eu affaire à un débiteur récalcitrant, combien de temps exigez-vous? Prenez celui qu'il vous faudra... mais fixez vous-même un terme précis.

— Un terme, répondit le baron; tu crois que je vais te fixer un terme au pied levé?

— Réfléchissez !... et répondez-moi. Trois jours suffisent–ils ?

Le baron secoua la tête.

— Huit jours ?... Quinze jours ?...

Même dénégation de la part de l'oncle.

— Je ne puis rien te dire à ce sujet, mon neveu ; il faut que je voie nos fermiers, que je consulte mes registres, que je termine une grande affaire.

Devant ces tergiversations, le jeune homme perdit patience.

— Mon oncle, s'écria-t-il, pour votre honneur, je ne crois pas à ce que vous dites !

— Et pour ta raison, reprit l'oncle, je ne crois pas, moi, à ce que tu fais !...

— Si vous êtes gentilhomme, mon oncle, vous ne marchanderez pas votre consentement, vous le donnerez sur l'heure !

— Tiens, je ne réponds pas, fit le baron, tu me ferais extravaguer... tu es fou... Est-ce

que tu peux te marier avec la sœur de celui
dont tu vas occuper la place ?

Cette pensée échappa à la colère du baron ;
que n'eût-il pas fait pour la rattraper ? Sans
doute que la veuve et le mineur avaient compris que c'était là tout le secret du manége de
l'oncle, le ressort qui l'avait poussé ; mais
l'aveu du baron donnait à cette probabilité
une sanction éclatante, une vertu qui allait
devenir formidable entre les mains du neveu.

— Enfin ! s'écria le jeune homme en saisissant cette arme inattendue, vous en convenez, l'hypocrisie vous pèse donc ; le masque
vous étouffait. C'est vous qui m'avez précipité
dans l'abîme, le sachant et le voulant bien ;
sous le perfide semblant de l'affection, vous
vouliez m'immoler à vos égoïstes intérêts.

Le baron était impassible : la veuve, désolée, se jeta dans les bras de Philippe.

La comtesse sentait bien que, puisque le

baron avait mis en jeu tant de manœuvres pour empêcher ce mariage, lutter contre lui c'était tenter l'impossible.

— Adieu! dit-elle en pleurant au jeune homme, oubliez-moi, et soyez heureux !

— Moi, vous abandonner, madame! s'écria Philippe attendri. Oh! non, jamais. J'ai une parole, moi! j'ai un cœur, moi !

— Eh ! qu'importe, Philippe, n'êtes-vous pas seul? que ferez-vous sans nos amis? sans mon frère?

— Oui, votre frère et le marquis de Parazol...

— Voyagent en ce moment sur la route de Bavière, acheva l'oncle avec le ricanement d'une cruelle satisfaction.

Philippe hors de lui, oubliant toute retenue, marcha droit au baron; la comtesse l'arrêta en chemin.

— Laissez-moi, madame, lui dit-il. Eh !

vous avez pu croire, monsieur le baron, pour-
suivit-il, que, pour faire triompher vos odieu-
ses menées, j'accepterais l'emploi du chevalier
de Saint-Alyre?

La loyauté conserve toujours une haute
vertu sur les traîtres : La Briffe, que sa conduite tortueuse ne laissait pas tranquille, n'essaya pas de soutenir le regard de Philippe ; il
fit une pirouette à droite, et, tournant son
œil d'un autre côté :

— Vous ferez ce qu'il vous plaira, mon neveu, lui répondit-il; à votre aise... mais si vous
n'allez pas d'ici à l'hôtel des gardes-du-corps,
vous voudrez bien partir avec moi ce soir
même pour le château de Mevoisins...

— Monsieur ! s'écria Philippe, avec une vé-
hémence qui fit pétiller ses yeux et trembler
ses lèvres ; même, à son insu, sa main s'appuya sur la garde de son épée.

— Oh ! doucement, mon neveu, continua le

baron rendu à tout son sang-froid ; je connais mes droits et les vôtres, et j'espère qu'en m'obéissant de bon gré, vous ne me contraindrez pas à les invoquer.

Eh ! que feriez-vous ? s'écria Philippe au comble de l'exaspération.

L'oncle répondit posément :

— Ne vous en inquiétez pas, cela me regarde, monsieur mon neveu. La loi, en investissant le tuteur d'une partie de la puissance paternelle, lui a fourni les moyens de la faire respecter.

— Quoi ! monsieur, vous ne rougiriez pas de nous déshonorer tous deux par l'emploi de la sénéchaussée ?

Le baron garda le silence ; mais, dans cette occasion, se taire c'était répondre.

La comtesse, tout en larmes, prit les mains de Philippe : — Obéissez, lui disait-elle, pour moi, obéissez, Philippe !

Le docteur Rozel, après avoir donné à la comtesse une maladie qu'elle n'avait pas, s'était replié sur ses autres cliens, qui étaient aussi malades que la veuve. Tout en gagnant à pied l'hôtel de la Tranquillité, le docteur s'égayait tout bas de la singularité de ses aventures : il avait fini par en rire, espérant bientôt en profiter.

— Après tout, disait-il, que m'importe ! de quelque côté que me tombe la réputation ? Elle se donne à moi ; mais plus tard je la justifierai si bien, que ce hasard passera pour un choix : n'a-t-on pas octroyé la noblesse à des rotu-

riers, en leur donnant un siècle pour s'en
rendre dignes... Je n'en demande pas tant
pour faire mes preuves. Hier encore je n'é-
tais rien, et, du premier coup, voilà que je serai censé avoir guéri une blessure mortelle,
une hystérie et une pléthore ; c'est magnifique ; comme tout cela va me faire honneur !
On ne s'avisera pas d'aller douter de l'authenticité de ces indispositions ; qui diable irait
s'ingérer qu'on se fait malade pour son plaisir ? En second lieu, je suis sûr de la discrétion de mes malades ; le chevalier de Saint-
Alyre me répond de sa sœur et de Philippe,
autant que le marquis de Parazol me garantit
le silence du baron de La Briffe. Allons ! encore quelques jours, et l'on va me prendre
pour un grand médecin... que je suis.

Tout en se livrant à ce monologue délicieux, le docteur arriva à l'hôtel de la Tranquillité ; il monta au second étage. Quand il

fut devant la porte de l'appartement de Philippe, il tâta avec la main pour chercher la clé; elle était absente, et le bouton, qu'il tourna dans tous les sens, ne souleva rien, mais fit du bruit, et à ce bruit on accourut.

— Qui est là ? cria-t-on de l'intérieur.

— Ne craignez rien ! c'est moi, Rozel, cria le docteur par le trou de la serrure.

— Très bien, lui fut-il riposté du dedans, par le même canal. Enfin, vous venez m'ouvrir.

Rozel entendit : « Je venais vous ouvrir. »

Après un silence, et n'entendant plus aucun bruit, le docteur frappa, on frappa aussi de l'autre côté.

— Dépêchez-vous donc ! cria-t-il.

— Je suis tout prêt... Je suis là ; lui fut-il répondu.

Nouveau silence que le docteur rompit.

— Eh bien ! Guerlus, est-ce vous ?

— Mais oui parbleu... qui donc?

— Alors, que faites-vous? reprit le docteur, en s'égosillant.

— Ce que je fais? J'attends.

— C'est moi qui attends, répliqua le docteur : est-ce que vous n'avez pas la clé ?

— Farceur! comme si vous ne le saviez pas?

— Comment veut-il que je le sache? pensa Rozel. Puis à haute voix : Si vous ne l'avez pas, dites à Philippe qu'il vous la donne!

— Ce n'est pas généreux, docteur, de railler ainsi... Je m'ennuie beaucoup, je vous assure.

— Si vous croyez que je m'amuse, cria Rozel.

— Sans doute, puisque vous me dites de demander la clé à Philippe, quand c'est lui qui a fermé.

— Raison de plus, fit Rozel : s'il a fermé, il doit savoir où il a mis la clé.

— Bon, voilà que vous recommencez... A votre place, docteur, j'aurais pitié de moi.

— Que diable veut-il dire? pensa le médecin ; ces pédans, ça n'a pas la moindre idée de rien. Alors, prenant sa grande voix : Eh! que diable, si ce n'est pas Philippe qui a la clé, demandez-la au baron...

— Au baron?... Vous savez bien qu'il est passé par la fenêtre, et je regrette de ne l'avoir pas fait aussi, puisque vous êtes si dur à m'ouvrir!...

— Oh ! c'est trop fort, pensa Rozel ; les autres ont tort de permettre ainsi à ce vieux pédant de me mystifier.

— Vous ne voulez pas? cria le précepteur... je ne vous réponds plus. —

Le docteur prit ceci pour insulte ; il cria :

— Vous êtes un cuistre, Guerlus, entendez-vous !

— Un cuistre, hurla la voix du dedans ; et
vous, un médecin de pacotille.

Ces mots furent jetés avec tant de fureur,
que quelques éclats de salive jaillirent à travers la serrure.

— Il m'insultait, je ne me trompais pas,
continua le docteur dans un *à parte*; puis col-
lant sa bouche à un trou de la porte :

— Grimaud ! misérable ! vous n'oseriez pas
dire cela s'il n'y avait une porte entre nous.

— Une porte ? Et ouvrez-la donc ! et vous
verrez !...

— Que je l'ouvre ! Le lâche, il me défie...
que je l'ouvre ! si je pouvais !...

Et voilà Rozel qui se met à donner des se-
cousses à la porte, pendant qu'on l'agite vio-
lemment de l'autre côté.

A ce bruit, les domestiques de l'hôtel, qui

n'avaient pas remarqué l'entrée du docteur,
accoururent en foule. Tout fut expliqué à
Rozel : la fuite de Philippe, la descente par la
fenêtre du baron, le refus de Guerlus d'user
de cet expédient qui répugnait à sa dignité de
philosophe, et la captivité solitaire du précepteur, d'où provenait le malentendu.

Jugez si Rozel fut attéré par ces nouvelles.
D'un coup d'œil désespéré, il vit toute sa car-
rière compromise, ses espérances détruites.

— O mon Dieu! criait-il en s'arrachant les
cheveux, je suis perdu! mieux que cela, je suis
ridicule... Que va-t-on dire?... Je serai montré au doigt... moi qui comptais les guérir
vraisemblablement.

Et sans avoir la force ni le souci de demander pardon au philosophe de sa méprise, le
docteur s'en alla : il errait par les rues, sans
savoir où, ni pourquoi, ni comment. Où al-
lait-il? d'où sortait-il?... tout cela était pour

lui un mystère confus… il se mouvait au hasard. Ses yeux égarés faisaient danser devant
lui des visions étranges : c'était un tas de figures moqueuses qui lui riaient au nez… des
légions de malades qui sortaient du lit pour
se battre à coups de poing… qui sautaient par
les fenêtres, qui vagabondaient sur les toits,
qui gambadaient sur les places… Plus loin,
une compagnie d'apothicaires sous les armes
qui le recevaient docteur éminentissime, à la
façon du Malade-Imaginaire… Et quand ses
yeux lui donnaient un peu de relâche, alors
ses oreilles bourdonnaient des rires mo-
queurs, des quolibets, des railleries sanglan-
tes…

C'est en courant ainsi à l'aventure, que Rozel se rangea sous une porte cochère pour
laisser passer un carrosse qui allait l'écraser.
Machinalement il lève les yeux, et il voit dedans le marquis de Parazol et le chevalier de

Saint-Alyre. Il les aperçut tous les deux, lui faisant signe de monter, et en même temps la voiture s'arrêta.

C'en fut assez pour que Rozel prît les jambes à son cou dans une direction opposée. Il s'imagina que son martyre allait commencer, ou que sa vision continuait de plus belle; car il eût été bien en peine de décider si c'était là un fantôme créé par sa folie, ou une rencontre réelle.

A nous qui devons être plus fixés que lui à cet égard, il appartient d'affirmer que, cette fois, ses yeux n'avaient pas menti au docteur. C'était bien une voiture de voyage, et tout était vrai, depuis les personnages nommés jusqu'à leurs signes, qui avaient fait de Rozel un imitateur du chien de Nivelle.

Le marquis et le chevalier avaient bien évidemment appelé le docteur pour résoudre une question très vive qui venait de s'élever entre eux ; voici à quel propos :

A peine assis dans sa voiture à côté du chevalier, l'ambassadeur avait tiré de sa poche un papier qu'il déchira en plusieurs morceaux. A la simple inspection de quelques-uns de ces fragmens qui volaient à travers la portière, Saint-Alyre reconnut la plainte contre le baron La Briffe, ce qui lui fut d'autant plus facile qu'il l'avait écrite lui-même sous la dictée de l'ambassadeur.

Le chevalier prit alors la main du marquis, et la serrant cordialement :

— Marquis, ce que vous faites là est bien , lui dit-il, je vous en félicite ; c'est là une inspiration dont vous serez content.

— Je crois bien que j'en serai content, chevalier ; en vous écoutant, j'allais faire là un joli pas de clerc

— Oh! monsieur le marquis, c'est bien de votre propre mouvement...

— Que j'avais rédigé cette plainte... j'en conviens, interrompit l'ambassadeur, mais c'était d'après votre rapport : à vous entendre, ce matin, mon neveu était mort, mais heureusement chevalier,

Les gens que vous tuez se portent assez bien !

— Ma foi, à votre air, marquis, on dirait que vous me reprochez de ne l'avoir pas tué.

— Je ne vous reproche que de m'avoir poussé à deux doigts d'une énorme balour- dise.

— Ah! monsieur le marquis, ce matin, vous trouviez que rien n'était plus sensé !

— Parce que, ce matin, je croyais Philippe blessé très grièvement.

— Eh bien! demanda Saint-Alyre, est-ce

que, depuis ce matin, il aurait cessé de l'être ?

Le marquis le regarda sans parler, et après une pause :

— Vous devez bien le savoir, chevalier, puisque, comme moi, vous avez rencontré Philippe chez votre sœur.

— Philippe chez ma sœur ! s'écria Saint-Alyre.

— Infailliblement ; vous sortiez à peine lorsque je suis entré.

— Je ne dis pas le contraire ; mais vous assurez que j'y ai trouvé Philippe ?

— Certainement, je le soutiens ; faites donc l'étonné !

Le chevalier partit d'un éclat de rire.

— Monsieur le marquis, dit-il, est-ce que l'Isser de Munich aurait la vertu de notre Garonne ?

— Chevalier, ceci n'est pas une gasconnade.

répliqua Parazol assez sérieusement, et je ne vois pas quel charme vous trouvez à me démentir.

— C'est votre faute, marquis... Pourquoi me dites-vous qu'il fait nuit à trois heures du soir. Soyez un peu raisonnable; vous voulez que je croie qu'un homme que j'ai blessé ce matin, et que j'ai vu dans son lit, a été rencontré par vous chez ma sœur?

—. Tout étonnant que cela semble, vous devez l'y avoir vu.

— Je l'y ai vu, moi? demanda Saint-Alyre.

— C'est impossible autrement, chevalier.

— Voilà qui est un peu fort, par exemple... Et vous me dites cela d'un ton : comme si c'était vrai... Ah ! c'est joué à la perfection !

— Ce n'est pas une comédie, monsieur le chevalier, répliqua Parazol en prenant une physionomie sévère.

— Je ne vous comprends pas alors, fit le chevalier.... Ah ! j'y suis, s'écria-t-il tout à coup de l'air de quelqu'un qui a trouvé un argument qui va clore toute dispute... Nous ne nous entendions pas... Nous sommes d'accord et nous discutons : vous allez voir, marquis, que vous avez raison...

— Parbleu ! je le sais bien que j'ai raison.

— Et que je n'ai pas tort, ajouta le chevalier ; un simple malentendu. Voilà ce que c'est ; votre langue a fourché, et tout en voulant dire que, comme moi, vous aviez rencontré le baron de La Briffe chez ma sœur ! vous disiez...

— Le baron de La Briffe chez votre sœur, interrompit le marquis, sans laisser l'autre achever sa phrase... Vous ne savez donc pas que je l'ai vu ce matin gisant dans son lit avec une pléthore qui le faisait crier... Allons donc, chevalier, de pareilles sornettes...

— Ce ne sont pas des sornettes, parbleu !
et vous le savez aussi bien que moi.

— Je déclare, chevalier, que si la plaisan-
terie se prolonge, je la trouverai fort insi-
pide.

— Alors, finissez-la, monsieur le marquis,
car de me faire croire que votre neveu était
chez ma sœur...

— Vous vous êtes peut-être flatté que je
croirai, moi, que c'était le baron ?

— Mon Dieu ! marquis, je ne vous demande
pas de le croire, puisque vous n'en pouvez
douter.

— Encore, chevalier, c'est aussi mettre
trop d'obstination, quand vous êtes certain
que c'était Philippe...

L'ambassadeur dit ces mots d'un ton de si
évidente franchise, que Saint-Alyre répondit :

— Marquis, si vous ne plaisantez pas, il faut que l'un de nous deux soit fou.

— Je suis sûr de moi, chevalier.

— Pour me le prouver, convenez, s'il vous plaît, que vous avez vu chez la comtesse le baron de La Briffe.

Cette persistance blessa l'ambassadeur.

— Chevalier, dit-il, trève de facétie : je donne ma foi de gentilhomme que j'ai vu Philippe de Lanta, et non pas le baron de La Briffe.

— Marquis, votre serment m'empêche de douter que vous ne soyez convaincu de vos paroles. Alors je me permettrai de vous dire que vous vous serez trompé ; je vous jure que, chez ma sœur, j'ai parlé, moi, au baron de La Briffe.

— Et moi, chevalier, j'ai fait plus ; non seulement j'ai parlé à mon neveu, mais encore je lui ai serré la main.

— Chez ma sœur ?

— Chez votre sœur.

— Je vois bien que vous êtes convaincu,
mais...

— Bon ! interrompit l'ambassadeur, vous
allez me prouver que je ne connais pas mon
neveu.

— Et vous, ne voulez-vous pas me per-
suader que je n'ai pu distinguer un vieillard
d'un jeune homme que j'ai tenu, pas plus
tard que ce matin, à la pointe de mon épée ?

L'ambassadeur devenait sombre ; son front
se plissait et ses sourcils rapprochaient leurs
sommets.

— Brisons-là, chevalier, vous n'en démor-
drez pas... dit-il ; il en sera ce que vous voudrez : mais, à votre place, au lieu de chicaner
les gens sur l'évidence, j'aurais franchement
avoué que je ne voulais pas aller en Bavière.

— Je comprends, marquis : vous êtes fâché de m'avoir pris, et, pour me le témoigner, vous saisissez le plus futile prétexte.

— Mais c'est bien plutôt vous, chevalier.

— Dites que c'est vous-même, marquis... Moi qui étais si pénétré de reconnaissance.

— Et moi donc, j'étais si content de vous emmener...

C'est ici que les deux contradicteurs aperçurent le médecin Rozel.

— Ah ! justement, voilà quelqu'un qui va nous mettre d'accord, s'écria le marquis ; il vous dira si La Briffe a pu quitter, non pas sa chambre, mais seulement son lit.

— A merveille ! je l'accepte pour juge... vous verrez si Philippe a pu se lever.

On connaît le succès négatif de l'appel fait au docteur.

Faute de mieux, le marquis et le chevalier imitèrent la conduite du prophète à l'égard de la montagne : les éclaircissemens n'allant pas à eux, ils allèrent aux éclaircissemens ; et c'est dans ce but qu'ils rebroussèrent chemin pour revenir à l'hôtel de la rue des Tour- nelles.

Chacun des deux antagonistes fut étonné que l'autre ne reculât point quand on allait aux preuves.

— Oh ! si c'était réellement le baron, di- sait le marquis, il me paierait cher cette jon- glerie.

— Si c'était Philippe, disait le chevalier, je vous promets qu'il n'aurait pas envie de re- commencer cette lâche mystification.

Reportez-vous maintenant à la scène qui termine le précédent chapitre, et vous com- prendrez l'effet que dut produire ce double retour du marquis et du chevalier ; effet dou- ble, car les gens du dehors, comme ceux du dedans, devaient en éprouver le contre-coup.

Saint-Alyre et Parazol ne prirent pas le

temps de frapper à la porte : ils envahirent la chambre. Jugez de leur stupéfaction : l'oncle, le neveu et la veuve étaient debout, la figure animée et l'air aussi peu malade que les personnes qui venaient les surprendre.

Il partit à la fois de toutes ces bouches une exclamation d'étonnement.

— Ciel ! le baron ! dit Parazol, en reculant de trois pas.

— Philippe ! s'écria Saint-Alyre, indigné et confondu ; Philippe debout et ma sœur guérie !

— M'expliquerez-vous tout ceci ? dit d'une voix de tonnerre l'ambassadeur furieux d'avoir été pris pour dupe.

— Madame la comtesse, j'attends que vous justifiiez la présence de mon adversaire, poursuivit le chevalier, qui jeta ces paroles avec un sombre regard à sa sœur.

Les trois malades restaient immobiles à la

même place, sans voix, sans mouvement, comme pétrifiés ; on eût dit que la mort venait tout à coup de les saisir en leur conservant l'attitude qu'ils avaient vivans.

Une seconde de plus, et c'en était fait, tout était perdu sans retour.

Il parut sur le seuil de la chambre une figure étirée, pâle, la figure d'un malade : c'était celle d'un médecin ; c'était Rozel qui, voyant tout le monde réuni, se jugea pris dans une souricière et se prépara, la tête basse, à subir tous les ridicules et les affronts qu'il prévoyait.

L'apparition du docteur fut pour La Briffe un éclair au milieu d'une ténébreuse nuit: aussitôt, avec l'effusion la plus cordiale, il se précipite dans les bras du médecin.

— Mon sauveur ! mon second père ! s'écrie-t-il en pleurant, gloire à vous ! je vous dois la vie et la santé.

Le chevalier et l'ambassadeur, témoins de cet attendrissant spectacle, se regardent étonnés.

La comtesse ne laissa pas échapper ce moment d'hésitation. Elle aussi va prendre la main de son Esculape et le remercie de l'effet subit de ses soins.

Philippe enfin se jette au cou de Rozel ; et véritablement celui-là était le seul qui dût la vie au docteur, mais pas de la manière dont il le disait.

Tout cela expliquait bien la guérison des malades, mais ne justifiait pas leur réunion dans la chambre à coucher de la comtesse.

La veuve prit alors la main de Philippe, et s'approchant du chevalier :

— Mon frère, lui dit-elle, il ne nous manquait plus que votre consentement.

— Quel consentement? répliqua le chevalier.

— Le consentement à notre mariage, répondit Philippe.

— Mais je n'ai pas donné le mien, s'écria le baron de La Briffe.

Le neveu alla droit à son tuteur, et, le tirant à l'écart :

— Choisissez, lui dit-il, je vous nomme mon intendant, ou bien je dis tout à M. de Parazol.

— Son intendant! dit le baron à part lui, si je l'avais su plus tôt!...

Puis élevant la voix :

— Mes amis, ajouta-t-il, ce jour est le plus beau de ma vie ; je n'aspirais qu'après cette douce union. Mon consentement, j'ai dit que je ne l'avais pas donné, parce que je voulais le réitérer solennellement ici.

Le chevalier demeurait encore tout interdit; la comtesse lui prit gracieusement le bras.

— Mon ami, lui dit-elle, ne vous opposez pas à mon bonheur; Philippe, devenant mon mari, se garderait bien de prendre la place de son beau-frère.

— Comment! monsieur se désisterait?...

— Avec la plus grande joie, répondit Philippe.

— Mais alors, poursuivit Saint-Alyre, je ne quitte plus la France.

— Vraiment, s'écria l'ambassadeur qui, jusque-là, s'était tenu pensif comme un homme qui rumine un grand projet; vraiment, chevalier, vous resteriez? Ah! que vous me faites plaisir!... Pardon, chevalier, ne vous effarouchez pas sans m'entendre... vous me rendez là un fameux service; car si vous ne m'accompagnez pas, il me reste une place... et je puis la donner.

— A qui donc? demanda le chevalier.

— A monsieur! répondit l'ambassadeur en désignant Rozel.

— Moi! fit le docteur qui, depuis un quart d'heure regardait tout cela sans y rien comprendre.

— Oui, vous, monsieur, insista Parazol. Si vous daignez accepter, j'aurai rempli tous les objets de ma mission : consentez, et je vous emmène à Munich.

— Et pourquoi faire? grand Dieu! demanda Rozel.

— Parbleu, pour être le médecin du grand-duc et de sa cour!

Pour le coup, notre médecin crut à une mystification. L'ambassadeur insista :

— Monsieur le docteur, la modestie sied aux grands talens comme le vôtre, mais il ne faut pas la pousser trop loin; vous péchez par excès, docteur; après trois cures aussi étonnantes, on peut, on doit lever la tête et se dire un illustre médecin ; car, ces cures, je les ai vu opérer, moi; je puis les attester, les proclamer par dessus les toits. Je ne demandais pas autre chose ; mais bah ! aucun de vos médecins n'a pu m'en faire voir autant. Le grand-duc va-t-il être ravi quand je lui raconterai cette histoire; je lui répondrai de vous corps pour corps.

— Quoi ! vraiment, vous persistez à vouloir faire de moi le médecin de la cour de Bavière !

— Cela vous étonne, docteur, mais cela n'étonne que vous.

Rozel vit que cette affaire prenait une tournure sérieuse : il avait beau considérer toutes ces figures pour démêler quelque ironie, il n'y lut que la joie la plus franche, sans aucune arrière-pensée ; c'était bien une offre réelle qu'on lui faisait.

Le chevalier s'adressa alors à l'ambassadeur.

— Si monsieur le marquis, en faveur de la circonstance, daignait ajourner son départ?

— Du tout, du tout, je craindrais que le docteur ne changeât d'idée. Qui sait? plus tard il pourrait se dédire.

— Me dédire! ah! monsieur le marquis, je n'ai qu'une parole, répartit Rozel avec majesté. Ensuite il ajouta tout bas : Me dédire! c'est bien plutôt toi qui pourrais le faire.

L'ambassadeur crut avoir, par son doute, choqué le médecin. Il voulut pallier ses torts.

— Docteur, ce n'est pas que je n'aie en vous une entière confiance, mais je préférerais partir sur-le-champ : je serais plus tranquille.

— Et moi aussi, reprit intérieurement le docteur. En même temps, de l'air d'un homme qui se laissait faire violence : Allons, monsieur l'ambassadeur, dit-il, puisque vous le voulez absolument, je me décide !

Rozel n'eut pas plus tôt lâché cette parole que l'ambassadeur le prit au mot et le saisit par le bras.

Le carrosse était dans la cour : le baron, la comtesse et le chevalier y accompagnèrent le diplomate et le médecin, pour leur faire les honneurs jusqu'au bout.

Le postillon était sur son siége, le fouet était déjà levé, Rozel fit signe à Philippe qu'il avait à lui parler.

— A propos, lui dit-il, n'oublie pas, Philippe, d'aller délivrer Guerlus et de lui demander pardon des injures que je lui ai jetées à travers la porte de sa chambre.

— Tu fais bien de me le rappeler, ce pauvre philosophe ; ma foi, je n'y pensais plus.

Le marquis couvait toujours de l'œil son docteur en se frottant les mains. La comtesse était sur le perron, d'où elle souriait à Rozel, le saluant de la main et du mouchoir.

Le docteur, songeant à la félicité sereine qui était réservée à Philippe :

— Mon ami, lui dit-il, je te félicite de ton bonheur : quelle femme ravissante tu auras là! cela vaut mieux que de servir sa patrie.

— Servir sa patrie! est-ce que je n'ai pas payé ma dette? répartit Philippe en riant.

— Quand donc, s'il te plaît? demanda le docteur surpris.

— Aujourd'hui même. Va! c'est servir sa patrie que d'envoyer un médecin à l'étranger.

FIN DU COQUIN D'ONCLE.

LE VAL DU LYS.

M. Delcros, ancien agent d'affaires retiré à
Chartres, avait depuis peu allié ses cinquante-
deux ans aux dix-neuf printemps de Nancy
de Salornay, sous prétexte que cet excédant
d'âge avait été plus que compensé par l'excédant de fortune, et que l'apport du mari était
de beaucoup supérieur à la dot très minime
de la jeune femme.

Les choses qui ne peuvent s'évaluer en nu-
méraire, le monde en fait peu d'estime. Aussi,
la jeunesse de Nancy, sa beauté, sa distinction,
la douceur de sa voix, la naïveté de son sourire, la mélancolie de son regard, même le

sacrifice de son joli nom au nom prosaïque de
madame Delcros, rien de tout cela ne fut mis
en ligne de compte. Les mères surtout, qui
avaient sur les bras quelques filles à placer,
déclarèrent que M. Delcros avait fait un marché de dupe. « Comment! s'écriaient-elles à
l'envi, qu'avait donc de si extraordinaire mademoiselle de Salornay pour mériter un parti
si avantageux? Elle est jeune, mais tout le
monde l'est ou l'a été; ma fille est aussi jeune
pour le moins... Elle est belle si l'on veut, et
encore cela dépend des goûts; quant à moi, je
lui trouve un air dédaigneux, un teint ma-
ladif... Et d'ailleurs, la beauté passe. M. Delcros pouvait prétendre à mieux sous tous les
rapports, car enfin il n'est pas vieux : un
homme n'est jamais vieux; lui surtout, si *bien
conservé*. Que peut-il avoir? une cinquantaine
d'années tout au plus, sur lesquelles il s'en
volerait dix sans qu'il y parût : enfin, pas un

cheveu blanc et une immense fortune ; en vérité, les hommes sont fous, et M. Delcros a dé-
montré qu'on fait des sottises à tout âge. »

Ainsi s'exprimait le chœur des mères de famille. Les jeunes gens seuls, qui n'ont pas
voix en ce chapitre, se contentaient de dire
tout bas : « Quel dommage ! »

Les époux ne semblaient adopter aucun de
ces sentimens ; ils avaient pris le parti le plus
sage en pareil cas, celui d'être heureux. Ils le
paraissaient du moins. Leur lune de miel n'a-
vait été obscurcie sous aucun nuage : impossible d'être plus empressé, plus tendre que
l'était M. Delcros auprès de sa femme : il se
montrait glorieux de la posséder, glorieux de
sa beauté, de ses triomphes : quelques-uns
l'accusaient de jalousie, mais c'était plutôt
d'après des inductions bâties sur le caractère
de Delcros que sur des preuves tirées de ses

faits et gestes que cette opinion s'était accré-
ditée.

Disons ici, sous forme de parenthèse, qu'en
ce seul point le jugement public ne s'était pas
fourvoyé : Delcros devait être jaloux. C'était
un homme bilieux, court de taille et de frêle
encolure, bien pris du reste, la main blanche,
mais sèche et froide. L'absence à peu près
complète de la barbe donnait à sa figure un
air efféminé que le reste de sa personne était
loin de démentir, et que confirmait une voix
aigrelette, d'une intonation criarde, hors de
laquelle il semblait qu'elle dût se casser. Son
œil gris avait tant de mobilité, qu'on ne pouvait lui reprocher de ne pas vous regarder en
face : il regardait partout.

A tout prendre, M. Delcros paraissait beaucoup plus jeune ou beaucoup moins vieux,
comme on voudra : cette exception n'est pas
rare chez les hommes concentrés. L'intérieur

n'affectant en aucune manière le dehors, parce que ces âmes ne rayonnant pas, le cœur vieillit seul, et l'enveloppe se conserve : le fourreau est encore brillant que la lame est déjà rouillée. Ce n'est pas que l'agent d'affaires eût entièrement esquivé le tribut que nous payons à la loi commune : des rides imprimaient des sillons sur ce visage, qui, vu de trop près, faisait apercevoir quelques signes de décrépitude ; mais enfin le naturel, pour faire si bonne figure, n'avait eu à emprunter à l'art qu'un faux toupet et une paire de dents, bagatelle dont il ne vaut guère la peine de s'inquiéter.

Puisque nous sondons les mystérieux replis de cet homme, il faut bien constater ici que la franchise n'était pas sa vertu, en supposant qu'il eût des vertus. Son sourire était sans profondeur, sa parole sans onction ; il ressemblait toujours par quelque bout à un comédien traduisant des impressions qui ne lui appartiennent pas. Quelquefois même on pouvait remarquer une discordance singulière entre le ton et le geste : sa voix était affectueuse, calme, séduisante, quand son geste restait smobre et glacial ; comme aussi d'autres fois, ses manières étaient obséquieuses sans que sa voix eût rien de caressant et d'amical.

Tel était le mari que mademoiselle Nancy de Salornay avait accepté de la main de son vieux père. Or, jusqu'à présent elle n'a aucun motif de regretter cette soumission. N'est-elle pas la plus enviée des femmes? M. Delcros n'est-il pas rempli d'égards? Qui oserait le contester, quand cet amour est peut-être la seule chose qui, chez l'agent d'affaires, ne soit pas entachée de dissimulation?

Bref, leur union datait déjà de trois mois que M. Delcros n'avait pas encore passé un our séparé de sa femme. Le 2 juillet, une af-

faire imprévue le força de garder le logis ;
mais, en mari galant, il se refusa au sacrifice
que voulait lui faire sa femme d'une partie de
plaisir concertée de longue main. C'était la
fête locale de Maintenon, et madame Delcros,
avec quelques compagnes, avait organisé une
incursion à cette petite ville.

L'ancien agent d'affaires exigea donc que
ce contre-temps ne pesât que sur lui, et,
grâce à cette abnégation, sa femme ne fit pas
faute au joyeux cortége de ses amies.

L'affaire si malencontreuse qui avait retenu
M. Delcros eut une solution plus prompte qu'il
ne l'avait espéré ; et trois heures de l'après-
midi sonnaient à peine, que l'ex-agent était
délivré de tout empêchement. Il réfléchit s'il
ne profiterait pas du temps qui lui restait pour
aller au devant de sa femme qui retournait à
Chartres dans la soirée ; mais cette pensée ,
pour lui être venue la première, n'en fut que

plus mal accueillie. M. Delcros considéra que cette démarche pourrait être mal interprétée et déplaire à sa femme : il estima qu'en agir de la sorte c'était s'attirer un vernis de jalousie, et que si de tels défauts sont excellens en eux-mêmes, il faut en bénéficier en secret, et se donner garde d'en prendre ouvertement les ridicules.

En conséquence, il ne sortit pas, et, afin de tromper son ennui, il alla s'enfermer dans la chambre à coucher de sa femme. Rarement, jamais seul d'ailleurs, il était entré de jour dans ce pudique sanctuaire ; il y pénétra cette fois : mais des choses sacrées émane une telle vertu que cet homme comprit qu'il commettait une profanation ; aussi c'est la tête base et comme à la dérobée qu'il s'insinua dans ce chaste réduit : un voleur ne se serait pas glissé plus timidement. Maître de cette place qui, pour toute défense, n'opposait que sa sainteté, l'agent d'affaires respira les parfums dont était imprégnée cette féminine retraite, et son œil rapide l'eut bientôt scrutée jusque dans ses plus mystérieux recoins. D'abord il en admira la fraîcheur et la correcte ordonnance; puis il rêva de l'âme si sereine qui animait un corps si coquet. « Cette chambre, pensa-t-il, est bien la ressemblance fidèle de ma Nancy; à tout ce qu'elle touche, à tout ce qui l'approche, elle communique la grâce de sa personne et la paix de son cœur. Grand Dieu! que ne m'avez-vous accordé aussi cette paix intérieure sans laquelle il n'est pas de véritable félicité! »

Et ce reproche, M. Delcros l'accompagna d'un regard révolté, qu'il lança vers le ciel.

« Oui, continua-t-il, le chevet sur lequel j'ai voulu endormir ma tête a toujours caché une épine; le bonheur m'a fui sans cesse : je l'ai acheté à beaux deniers pourtant, et au moment peut-être d'en jouir, ce bien qui coûte si

cher, je le risque encore. Ne viens-je pas de
jouer le reste de ma vie dans un mariage
d'amour ? Quelle imprudence d'asseoir tout
l'édifice de sa destinée sur la blonde tête d'un
enfant ! J'ai osé le faire pourtant, et, certes,
jusqu'à ce jour, j'ai été généreusement récom-
pensé de ce courage ; mais l'avenir, qui m'as-
surera contre l'avenir ?... »

En même temps qu'il s'abandonnait à des
réflexions de cette nature M. Delcros poursuivait son minutieux inventaire. Arrivé à une
sorte de prie-dieu, façonné de bois incrusté
d'un double filet de nacre, il en ouvrit la
partie supérieure formant pupitre, et son œil
plongea dans un tiroir emboîté dans ce meuble ; ce tiroir, comme le nom l'indique, s'ouvrait en le tirant à soi au moyen d'une clé
absente de la serrure : c'est pourquoi l'inves-
tigateur indiscret, privé de cet instrument, fut
obligé de laisser la cassette en place, et d'o-

.pérer sa perquisition par en haut, ce qui ne laissait pas que d'être fort incommode : mais notre homme devait avoir par là une ressemblance de plus avec les voleurs, qui ne se font pas scrupule, quand la porte est fermée, de s'introduire par la fenêtre.

La main de M. Delcros plongea à différentes reprises dans les archives de la jeune femme ; elle y puisa quelques colifichets, des vers, des fleurs fanées, et autres reliques, dont la valeur n'est comprise que par celui qui les possède. Des lettres fort innocentes furent aussi dégagées du ruban qui les attachait, et passées en revue par l'œil ombrageux du jaloux. Ces recherches étaient terminées, et les choses remises en leur endroit, lorsque la main de M. Delcros, fouillant une dernière fois au fond de cette cachette, glissa sur quelque chose de soyeux, qu'au simple tact elle reconnut pour un sac de velours : ce sac fut

retiré et dénoué aussitôt: il contenait quelques feuilles d'un papier très chiffonné sur
lesquelles on avait tracé à la hâte des dates et
des lignes sans aucun titre; le tout de l'écriture
de Nancy.

À la plus simple inspection, l'agent d'affaires
s'aperçut bien vite que c'était là un recueil de
notes de voyage. Pour s'en assurer, il lut par
le menu ce document, qui commençait à l'in-
téresser bien fort. Nous le transcrivons ici :

4 juillet 1838. — Partie avec mon père de
Chartres pour Bigorre dans les Pyrénées.

10. — Nous sommes arrivés ce jour-là au
but de notre voyage. Logés à l'hôtel du Nord,
dont j'occupais la chambre n° 15.

13. — Avoir rencontré, en accompagnant
mon père aux bains, un jeune homme brun
et de belle mine, qui m'a regardée beaucoup
et que j'ai regardé un peu.

16. — Le jeune homme de l'autre jour nous

a salués ce matin avec une affectueuse courtoisie.

17. — Rien de nouveau.

18. — J'ai appris son nom par la servante
de l'hôtel, qui me sert de femme de chambre :
il s'appelle Achille d'Estourmel, artiste... il
doit être distingué.

Vous devinez au prix de quelles angoisses
cruelles M. Delcros surprenait ainsi en fla-
grant délit cet exposé intime des sentimens
de sa femme : malgré ses yeux, qui se cou-
vraient d'un voile, malgré ses doigts qui s'a-
gitaient crispés en serrant ce papier révéla-
teur, une curiosité irrésistible le contraignit
de passer outre.

19 juillet. — M. d'Estournel a lié conversation et presque connaissance avec mon père
dans la salle du jeu.

20. — Je ne l'ai pas vu... Ennui. Temps
sombre.

21. — Fête au Wauxhall. — Il m'a fait danser. — Le plus agréable bal où j'aie assisté de ma vie. — M. Achille valse très bien. — Il m'a semblé que sa main frémissait en pressant la mienne.

23. — Promenade d'une vingtaine de baigneurs à la grotte de Campan. — Déjeuner sur l'herbe. — Il y était, et presque tout le jour il n'a causé qu'avec moi. — Site plein de fraîcheur, vallée enchanteresse.

24. — Mon père a voulu sur-le-champ s'éloigner de Bigorre. — Reverrons-nous M. Achille ? — Le soir j'ai dit à Mariette, la femme de chambre, que nous allions à Cauterets. — Aura-t-il l'adresse de la questionner ?

Ici le lecteur fit une pause ou plutôt une station, car bien qu'il ne puisse s'établir aucune similitude entre lui et le Christ, il montait pourtant le calvaire de la jalousie.

Comme le juste, cet homme ne put porter sa croix tout d'une haleine : ses forces fléchirent, et il rejeta au loin cette relation candide dont chaque ligne réveillait chez lui une nouvelle douleur.

Puis, trop faible pour avoir le courage de s'abstenir, il se précipita de nouveau sur ces feuilles qui voltigeaient à terre, et, s'armant d'un grand fond d'énergie, il se décida à continuer cette horrible histoire jusqu'au bout et sans demander grâce en chemin. Il poursuivit donc :

25. — Nous sommes arrivés à Cauterets. — Logés hôtel de l'Europe, dans l'appartement du salon Lilas, sur la terrasse. — Deux heures après notre installation, j'entends un trot de cheval. — Je m'approche de ma croisée. Quelle joie !... c'est M. Achille ; il m'a aperçue le premier, m'a saluée, et je lui ai rendu son amical salut. — Je l'ai vu descen-

dre à l'hôtel d'en face. — Je commence à croire qu'il m'aime : Cauterets est préférable à Bigorre.

26. — Un billet dans le vase qui est sur ma fenêtre. — Quelle imprudence et quelle audace ! — Je suis certaine qu'il m'aime. — Pourvu que nous n'allions pas encore repartir...

27. — Rien. Mon père souffre et s'ennuie : moi, de même.

28. — Achille a chanté avec moi au salon. — Il a ramassé trois fois mon mouchoir et m'a serré la main. La délicieuse soirée !

30. — Mon père veut partir demain pour Bagnères de Luchon. — Je tâcherai qu'Achille l'apprenne. — Les malades sont bien insupportables avec leurs caprices.

Bagnères de Luchon, 2 août. — Enfin, nous sommes arrivés après un pénible trajet. — Mon père a voulu se loger hôtel de France. —

J'habite la chambre n. 13. Nombre fatal. —
J'ai une vue charmante sur les tilleuls de l'al-
lée des Bains. — Luchon est triste.

3 août. — J'éprouve en même temps de la
joie et de la peur. — Il nous a suivis. — Mon
Dieu ! assistez-moi, car je l'aime.

4 août. — Achille d'Estourmel est venu
s'informer de la santé de mon père, qui l'a
accueilli avec quelque contrainte. — J'ai
causé un instant avec lui dans le jardin, et il
m'a parlé d'amour avec les larmes aux yeux.
Le pauvre jeune homme ! — J'ai du chagrin
de l'avoir écouté avec tant de tiédeur.

5. — J'ai revu Achille au bal ; il n'était pas
fâché. — En nous séparant, il m'a fait jurer de
lui accorder demain matin, durant le sommeil
de mon père, une heure de tête-à-tête pour
une explication où il y va de sa vie. — Le
courage de refuser m'a manqué.

6. — Jour funeste. — Dès l'aube, deux che-

vaux nous attendaient ; Achille m'a suppliée à
deux genoux de l'accompagner dans la vallée
du Lys. — J'ai cédé à son irrésistible ascendant. — Mon pauvre père ignore ma courte
absence. Ce soir, je n'ai pas osé embrasser
son augustevisage. Je ne suis plus digne de ses
baisers !—Qu'il me tarde d'être la femme d'A-
chille ; il me l'a promis , il me l'a juré devant
Dieu...

7. — Si Achille était parjure ! — Qu'ai-
je fait ! — Que je suis coupable de m'être fiée
si aveuglément à lui.

L'ingrat ! je ne l'ai pas vu de toute la jour-
née, il me délaisse... Il m'abandonne peut-
être. Oh non ! après ses protestations et ses
sermens, c'est impossible ! — Je le disais bien :
il m'a écrit pour s'excuser de n'être pas venu.
— Une lettre glaciale ! j'aurais préféré son silence.

10. — Je suis perdue ! il me trahissait l'in-

fâme !... il est parti cette nuit, à la hâte, sans m'avertir. — Il ne m'aimait donc pas. — Si je pouvais me plaindre? Mais ce serait tout avouer... Oh ! quels tourmens peuvent égaler la peine que j'endure !

12. — J'ai décidé mon père à retourner à Chartres. Enfin je serai délivrée de ces affreuses montagnes! Que ne puis-je aussi facilement échapper à mes remords

Après un court espace laissé en blanc, cette dernière feuille se terminait ainsi :

8 avril 1839. — J'ai été mariée à M. Delcros, un très honnête homme, que je dois rendre heureux. — Je renais à une vie nouvelle. Que le passé soit mort! — Je veux me repentir et oublier!

L'ex-agent d'affaires lut jusqu'au bout ce poignant récit, mais des lèvres seulement; l'exercice de sa raison l'abandonna, ses jambes fléchirent, et s'il parvint à épuiser cette

torture, ce fut parce que l'élan était imprimé,
et que toute volonté venant à s'éteindre en
lui, la machine avait obéi à l'impulsion primi-
tive.

Il tomba comme anéanti sur un fauteuil, regardant d'un œil hébété ces pages qu'il frois-
sait dans sa main. Un chaos fourmillait dans
sa tête éperdue, chaos horrible qui s'allumait
sondainement des sinistres éclairs de la jalousie et de la vengeance.

Cet homme se leva furieux ; il ne marchait
pas, il bondissait en écumant de colère : des
menaces inarticulées , des imprécations et
des blasphèmes se heurtaient dans sa bouche.

Cédant au premier conseil de son ressentiment, M. Delcros fit quelques pas pour sortir;
il était résolu au scandale. Tout à coup il s'arrêta frappé d'une illumination subite : immobile, son œil regardait fixement devant lui
comme pour approfondir l'idée qui venait de

lui apparaître. Dans sa méditation rapide, cet homme ouvrait et rentrait ses doigts à peu près comme un oiseau de proie essaierait ses griffes ; puis un sourire infernal divisa ses lèvres en plissant son front. C'en est fait : une atroce vengeance vient d'éclore dans ce cerveau en effervescence.

M. Delcros arracha quelques pages de son portefeuille et s'accroupit sur le prie-dieu.

Quelle profanation de tourner ainsi à l'usage de la haine un instrument d'oraison et de miséricorde !

Là il transcrivit le journal accusateur de Nancy, joyeuse enfant qui à cette heure peut-être cueillait des fleurs ou chantait un air au milieu de ses compagnes.

A vrai dire, ce ne fut pas sans des efforts réitérés que M. Delcros accomplit sa rude tâche : ses doigts se raidissaient, sa plume tatouait le papier, et bien souvent il lui fallut

reposer sa tête brûlante dans ses mains afin
de comprimer cette agitation fébrile qu'excitait en lui la vue de ce funeste manuscrit.

Ce travail fut à peine consommé qu'un peu
de calme sembla renaître. L'ex-agent en-
ferma dans son porte-feuille cette copie qu'il
venait d'acheter si chèrement ; ensuite il s'é-
tudia à restituer à l'original ses plis antérieurs,
l'enfouit dans le sac de velours d'où il l'avait
tiré, remit le tout dans un coin et à sa place ;
après quoi, jetant autour de lui un coup-d'œil
pour bien s'assurer qu'il ne laissait aucune
trace de sa visite, M. Delcros sortit de la
chambre à coucher de sa femme.

Une heure plus tard, la joyeuse troupe, de
retour de Maintenon, envahissait la maison
de l'agent d'affaires. M. Delcros s'empressa de
faire accueil à cet essaim folâtre. Sa figure
rassérénée ne gardait aucun vestige de la terrible et récente découverte : au contraire, ja-

mais il n'avait semblé plus heureux. Il embrassa affectueusement Nancy, s'enquit avec
une tendre sollicitude de l'emploi de sa jour-
née, parut charmé de tous ces détails, l'ac-
cabla d'une foule d'éloges dont la modestie de
la pauvre femme eut souvent à rougir. Bref,
il fut décidé d'une commune voix que M. Delcros était le mari le plus accompli de l'univers. Et, pour maintenir les assistans dans une
opinion aussi flatteuse, l'agent d'affaires, en
congédiant la compagnie, donna rendez-vous
pour le lendemain à toutes celles de ces dames qui voudraient être témoins d'une agréable surprise qu'il ménageait à sa chère Nancy.

Le lendemain, le domicile d'ordinaire si
paisible de M. Delcros était en émoi. C'était
une vie et un mouvement dont cette maison
n'avait pas coutume de s'animer. On allait,
on venait, chacun y prenait un air affairé : à
coup sûr, une semblable agitation dénotait les

préparatifs de quelque événement domestique.

Les curieux alléchés par les promesses, de
la veille et les amis de la famille, ne manquèrent pas au rendez-vous. Madame Delcros
courut à la rencontre des survenans et, se jetant au cou d'une jeune dame, son intime :

— Très chère, lui dit-elle en frappant des
mains en signe de jubilation, devine ce qui
me fait si contente ?

— Que sais-je ?

— Oh! je le crois bien que tu ne le sais
pas ; mais je vais te l'apprendre. Voici la saison des eaux : mon mari me conduit aux Pyrénées.

— Aux Pyrénées ? deux ans de suite ?

— Oh! c'est charmant. J'aime tant les Pyrénées ; je serai si heureuse de les revoir. Ces
gaves, ces chaumières, ces pics, ces vallées,

ces neiges... Quelle majesté, quelle audace, quelle fraîcheur !

— C'est donc bien beau ? Et moi qui ne les connais point !

— C'est admirable, et je te plains.

— Et moi je te porte envie ; mais quand partez-vous ?

— Ce soir, tout à l'heure, répondit M. Delcros qui entrait à ce moment. La chaise de poste est là dans la cour ; nous n'attendons plus que les chevaux.

— Quel bonheur ! s'écriait-on de toutes parts, quitter Chartres qui est si maussade, se dérober à l'ennui, au désœuvrement de notre ville pour voyager... Nous voudrions bien faire comme vous !

Ainsi chacun à l'envi congratulait les voyageurs, sans prendre garde à ce que le contre-coup de ces félicitations avait de désobligeant pour tous ceux qui ne partaient pas.

Nancy se déroba furtivement à la réunion, et sous un prétexte se retira quelques momens dans sa chambre à coucher : là, elle se recueillit, puis, armée d'une petite clé, elle ouvrit le tiroir de son prie-dieu, y fouilla et en retira le sac de velours. Je dois effacer, pensat-elle, tous les vestiges d'une passion coupable que je tâcherai d'oublier : oui, je veux être digne de l'amour que me témoigne mon mari.

Forte de cette pensée, la jeune femme alluma une bougie; mais, au moment de livrer à la flamme ses notes de voyage, le cœur lui manqua et elle voulut les relire une dernière fois encore avant de les détruire à jamais.

Durant cette lecture, Nancy poussa quelques soupirs, essuya quelques larmes en se reportant à ces impressions dont ce frêle papier était le dépositaire ; surtout en réfléchissant que, juste à pareil jour l'année précédente, elle était partie avec son père pour accomplir le même voyage. Cette coïncidence la fit rêver un peu, après quoi elle incendia courageusement cette naïve histoire de son premier amour.

— Mon cœur a brûlé comme ce papier, dit-elle ; puisse ma funeste passion s'éteindre comme lui.

Elle achevait à peine cet auto-da-fé conjugal que les grelots des chevaux et le fouet du postillon annoncèrent le départ. Nancy sortit aussitôt : on n'attendait plus qu'elle, déjà même on la cherchait. Elle parut souriante, tendit la joue à une foule d'embrassemens, l'oreille à quantité de souhaits et la main à son mari, qui l'aida à monter dans la chaise.

Quelque temps on échangea des recommandations à travers la portière. La voiture roula ; on se fit encore des adieux de la tête, de la main, du mouchoir et tout disparut.

Ces honnêtes bourgeois, que ce départ avait réunis, se séparèrent aussitôt, chacun de son

côté, en réfléchissant avec amertume que c'é-
tait grand dommage qu'il en fût des Pyrénées
comme de l'ancienne Corynthe, où il n'était pas
permis à tout le monde d'aller. Ce ne fut donc
qu'une voix pour conclure que l'ex-agent d'affaires et sa femme étaient les privilégiés du
bonheur, et afin d'employer une expression
usuelle, qu'ils avaient trouvé le secret *de jouir
de la vie*.

Quant à nous, qui en savons plus long que
ces braves gens, ce n'est pas sans quelque
effroi que nous voyons le ménage Delcros s'a-
venturer dans une excursion lointaine.

Quand tout cet attirail qui anime le prolo-
gue du voyage fut mis en place, quand cette
bruyante escorte d'amis fut laissée bien loin
derrière la voiture ; quand enfin Nancy se vit
seule en face de son compagnon de route, une
mélancolie occulte s'empara d'elle, une impression de froid et d'isolement la fit frisson-

ner ; et c'est pour s'y soustraire que la jeune
femme se serra dans son coin et s'enveloppa
dans le satin de sa pelisse.

M. Delcros, l'air préoccupé, gardait le silence.
Nancy chercha à le distraire par la conversation ; mais son interlocuteur se contentait de
répondre sans l'interroger à son tour ; de telle
sorte que la causerie alimentée d'un seul côté
cessa d'être un entretien pour devenir une
méditation à haute voix ; ce que voyant, la
jeune femme se tut et donna cours à ses idées
sans les produire au dehors.

Ce tête-à-tête dura six jours sans événement
notable ; il faut dire qu'insensiblement l'humeur morose de M. Delcros se dissipa ; mais
ce phénomène moral présentait cette particu-
larité que, lorsque Nancy cédait aux mélan-
colies de son caractère, l'ex-agent d'affaires
affectait pour l'égayer une hilarité folâtre ; et
sitôt que la jeune femme se livrait à l'épanouis-

sement de la joie, M. Delcros trouvait incontinent une chagrinante réflexion, un geste sévère pour réprimer l'élan de cette âme naïve ;
il semblait que cet homme avait à tâche de
maintenir dans l'état moral de sa compagne un
tempérament qui ne s'accommodait ni de la
tristesse ni de la gaîté. Toutefois, pour le caractère expansif et abandonné de Nancy, cette
influence ne laissait pas que de la blesser, en
lui ôtant la spontanéité de ses impressions :
aussi elle en était encore aux prémices de ce
voyage, que déjà elle regrettait de l'avoir en-
trepris.

Ce ne fut qu'à Tarbes que madame Delcros
connut la destination précise vers laquelle
tendait leur longue course. Avec sa feinte ma-
nie de vouloir à propos de tout sujet ménager
des surprises, son mari conservait une rigide
discrétion, et le moindre événement gagnait

par ce système quelque chose d'imprévu et de dramatique qui doublait son effet.

Le 10 juillet 1830, les deux époux arrivèrent à Bagnères de Bigorre ; M. Delcros fixa sa résidence à l'hôtel du Nord, et le soir de ce même jour, Nancy entrait dans la chambre numéro 15, qui avait été disposée pour la recevoir.

Une telle coïncidence avait le droit d'étonner la jeune femme ; ce fut avec déplaisir qu'elle en fit la remarque. Non seulement les dates, mais encore les lieux étaient les mêmes. Cette conformité servile la troubla ; mais bientôt après elle réfléchit que tous les jours le hasard opérait des rapprochemens bien plus bizarres. Elle imagina, afin de donner une cause au choix qui s'était porté sur Bigorre, qu'elle avait fort bien pu elle-même parler de cette petite ville à son mari, et que l'hôtel du Nord étant un des rares hôtels du lieu, et le plus à

portée des voyageurs, son mari l'avait préféré
par les mêmes motifs qui, un an plus tôt, avait
décidé son père à s'y établir : une fois sur la
pente de ces explications, le numéro 15 n'embarrassait guère ; n'était-ce pas après tout une
des chambres les plus commodes de l'hôtel?
Malgré la vraisemblance de ces raisonnemens,
l'inquiétude se glissa dans l'âme de Nancy, qui
rêva long-temps et s'endormit enfin d'un sommeil lourd et agité.

Le lendemain, dès son lever, madame Delcros reçut la visite empressée de son mari :
M. Delcros trouva sa femme un peu pâle et
en fit la remarque d'un air soucieux. Celle-ci
fut touchée de tant de sollicitude, attribua aux
fatigues du voyage cet abattement momentané
dont les promenades et les bains lui feraient
bientôt raison.

Le mari parut accéder à cette opinion, et son

visage riant rassura un peu la jeune femme sur ses craintes de la veille.

Cet état de choses dura quelques jours, et les premiers soupçons de Nancy s'éteignaient à mesure. Le 23, une partie fut organisée par des baigneurs à la grotte de Campan.

Madame Delcros, qui y assistait avec son mari, ne savait pas qu'elle fêtait un anniversaire; la date de l'année précédente avait échappé de sa mémoire; et, pour fixer ses doutes, elle ne pouvait consulter le journal sommaire qu'elle avait brûlé avant son départ.

Cela fit qu'elle s'arrêta peu à cette circonstance; une visite à cette grotte et un déjeûner sur l'herbe constituaient des accidens trop coutumiers dans la vie des baigneurs, pour que Nancy voulût ajouter à ces faits une nouvelle signification. Son mari, d'ailleurs, ne l'avait-il pas engagée d'une façon aussi naturelle qu'empressée? Cependant, comme la pauvre

femme ne vit là aucune des personnes qu'elle
y avait rencontrées la première fois, elle se
jugea abandonnée : les souvenirs lui vinrent
en foule et l'amertume de son cœur déborda
malgré elle par quelques larmes qu'elle essuya
en secret.

Elle rentra ensuite au village, ayant peine
à dissimuler une mélancolie invincible. L'ex-
agent d'affaires passa la soirée auprès de sa
femme au coin du feu. (On se chauffe dans
toutes les saisons aux Pyrénées.)

Avant de prendre congé de la jeune affligée,
M. Delcros la regarda d'un œil hypocrite.

— Tu souffres? lui dit-il.

— Oh ! non mon ami, reprit la femme d'un
air qui démentait ses paroles.

— Tu as beau soutenir le contraire. Je me
suis aperçu que ces lieux te déplaisaient, tu
t'y ennuies au moins.

— Bien peu, mais un peu, s'il faut tout

vous avouer, reprit Nancy s'efforçant de sou -
rire.

— Je le savais bien. Est-ce qu'on peut me
cacher quelque chose? poursuivit Delcros
avec une intention que seul nous sommes à
même d'interpréter. Tu t'ennuies... c'est
pourquoi je décide que dès demain nous irons
ailleurs.

— Nous partons... Ah! tant mieux! s'écria
Nancy. Combien je vous aime! Vous préve-
nez mes désirs ; bien plus, vous les devinez...
Mais où allons-nous ? à Chartres ?

— Tu le sauras demain.

— Oh! non pas demain, aujourd'hui; dites-
e-moi tout de suite, je vous en conjure.

— Nancy, tu est un peu trop curieuse, et
je dois résister à tes exigences.

— Oui, je suis curieuse comme toutes les
femmes, répartit madame Delcros, qui par
cet aveu, cherchait à donner le change sur le

motif qui la faisait s'enquérir. J'aime les choses prévues ; j'aime qu'on m'avertisse par
avance. Sans doute que vos intentions sont
pour moi excellentes ; enfin, je vous en sais
le même gré ; mais, en vérité, je n'ai pas le
goût des surprises.

—Cela viendra, ma mie, reprit M. Delcros
sur un ton assez tranchant ; je ne céderai pas
à vos caprices. Je tiens à faire votre bonheur
malgré vous. Adieu.

Et l'ex-agent d'affaires se retira, après
avoir déposé un baiser sur la main de sa femme,
que cette boutade avait tout interdite.

Madame Delcros passa une nuit très fâcheuse ; le sommeil la visita fort peu, et la
brusquerie insolite de son mari la tourmenta
beaucoup. Elle finit pourtant par apaiser ses
premières susceptibilités, et en conclut qu'il
fallait respecter les manies des gens à l'égal
de leurs vertus ; et que ce n'était pas la faute

de M. Delcros si son système de surprise n'a-
gréait pas à sa femme, et qu'après tout il fallait lui tenir compte, sinon de ses actes, du
moins de ses intentions.

Le lendemain, 24 juillet, madame Delcros
visiblement affectée de sa récente insomnie,
prit place à côté de son mari dans la chaise de
poste qui les avait amenés de Chartres. Vers
quel endroit se dirigeaient les deux voyageurs?
Nancy eût bien désiré en être instruite; mais
le respect humain glaça sa langue prête à interroger les domestiques. Elle eût rougi de
dévoiler devant des valets l'ignorance où la
laissait son mari: en outre, et pour dire tout
le fond de sa pensée, elle redoutait de rencontrer une consigne imposée par M. Delcros:
jugez si la pauvre femme eût osé faire une
demande qui pouvait l'exposer à cette humi-
liante réponse : « Monsieur nous a défendu
de dire où il allait. »

Nancy bouda son compagnon de voyage, qui parut ne pas y prendre garde, et lut quelques numéros de journal. Madame Delcros crut en-entrevoir qu'elle avait offensé son mari par son insistance de la veille, et chercha par quelques prévenances à réparer ce tort léger; mais la manière froidement polie dont on ac-cueillit ses avances déconcerta la jeune femme, qui rentra dans son mutisme et dans sa tris-tesse.

Le soir approchait : la voiture grimpait à grand'peine une butte rapide; M. et madame Delcros étaient même descendus pour se pro-curer le plaisir de la marche et alléger les chevaux essoufflés. Une vieille femme ramas-sait du bois à côté de la route ; Nancy l'aper-çut et ralentit son pas.

— Ma bonne, dit-elle en s'approchant de la paysanne, auriez-vous la bonté de m'appren-dre où conduit cette route ?

—Madame le sait mieux que moi, répondit
la vieille avec un gros sourire.

— Plus bas, interrompit madame Delcros ;
je vous assure que je l'ignore. Que vous en
coûte-t-il?...

— Pas grand chose, madame ; c'est pour
vous moquer, Dieu vous punira... On compte
une lieue d'ici à Cauterets.

— A Cauterets ! fit la dame avec un frémissement subit ; merci, ma bonne, priez Dieu
pour moi.

Et, parlant ainsi, elle glissa une pièce d'argent dans la main de la pauvre vieille, toute
stupéfaite de cette frayeur, de ce mystère et
de cette générosité.

Nancy, qui venait de voir éclairer les ténèbres de son doute par cette lumière affreuse et
soudaine, sentit son pauvre cœur défaillir.
Des idées de mort passèrent par sa tête affai-
blie : le précipice qui s'ouvrait béant à ses

pieds, le torrent qui grondait invisible au fond
de l'abîme, le vent aigu qui s'engouffrait dans
les gorges de la montagne, tout semblait apporter à cette femme des conseils de suicide ;
mais elle eut peur de cette nature sauvage, de
ces ombres gigantesques qui s'échappaient du
gouffre des vallées : un frisson parcourut son
corps, et elle doubla ses pas pour atteindre la
voiture. Bientôt elle aperçut son mari debout,
à côté de la chaise qui, arrivée sur le plateau,
attendait, pour reprendre sa course, d'avoir
été rejointe par la voyageuse attardée.

Nancy arriva baignée de sueur. Elle essaya
de s'excuser doucement de son retard ; mais
sans rien répondre, M. Delcros ouvrit la portière, tendit à Nancy une main glacée, et la
pauvre femme monta péniblement le marche-
pied comme un patient qu'on voiture au sup-
plice. Le mari monta le dernier.

Nancy se retira dans un coin et remercia la

nuit de venir à son aide en dérobant l'expression désolée de sa physionomie à l'œil pénétrant de M. Delcros. Toujours régnait le même
silence ; et la jeune épouse n'osait pas le rompre. Quand on se sent coupable, parler n'est-
ce pas se trahir ?

Tout ce qui lui arrivait lui paraissait bien
étrange ; c'était une énigme dont elle s'épou-
vantait de deviner le mot. Peu à peu la révélation de la vieille paysanne lui parut moins
sinistre : Cauterets n'est-il pas une des rési-
dences le plus en faveur chez les malades ou
les touristes ? D'ailleurs, rien ne lui assurait
que son mari voulût s'y arrêter. Elle n'avait
surpris aucun de ces signes qui, chez les voyageurs, annoncent le terme de leur traite.
M. Delcros n'avait pas une seule fois consulté
sa montre à répétition ; pas un mot de contentement, pas une réflexion sur la proximité du
but ne lui étaient échappés. Et pourtant l'air

apportait les rumeurs confuses de la petite
ville et des lumières s'agitaient dans le lointain, comme si quelques étoiles se fussent dé-
tachées du firmamen : les chevaux humaient,
ce bruit et hennissaient de plaisir ; mais si
cela indiquait un relai, une étape, rien ne dénotait la préméditation d'un séjour. La pente
du désir et de l'espoir est glissante; madame
Delcros alla jusqu'à se flatter qu'on ne s'arrê-
terait même pas à Cauterets.

Elle en était là de sa méditation quand la
chaise de poste rebondit sur l'anguleux pavé
de la petite ville : les promeneurs se rangaient
dans la rue, les habitans sortaient sur le pas
des portes, et le postillon agitait son fouet
comme un chef d'orchestre marquant les
temps d'une mesure rapide. Tout à coup la
voiture oscilla très fort en avant et s'arrêta
tout court.

— Nous voici arrivés! dit en se frottant les mains l'ex-agent d'affaires.

Ce mot, le premier qu'il prononçait après un silence de plusieurs heures, fit tressaillir Nancy. Elle resta là, immobile, pétrifiée, et il fallut que M. Delcros la secouât comme s'il l'eût réveillée d'un long assoupissement, pour que Nancy consentît à se lever et à le suivre.

Les domestiques de l'hôtel accoururent avec des flambeaux. Cette lueur permit à madame Delcros, en mettant pied à terre, de lire sur l'enseigne *hôtel de l'Europe*. A cette vue, ses genoux se heurtèrent, et, pour ne pas tomber à la renverse, elle eut besoin de s'appuyer sur le bras d'une servante, qui l'aida à se traîner jusqu'à l'hôtel.

— Madame souffre? observa la domestique, en la regardant avec intérêt.

— Un peu, mais ce ne sera rien, répondit une voix; c'était celle de M. Delcros qui mar-

chait derrière. Madame à froid ; qu'on la con-
duise dans sa chambre, et qu'on allume un
grand feu. N'est-ce pas mon amie, ajouta-t-il,
en s'approchant de Nancy, dont il prit la main
et la baisa devant ces braves gens touchés de
cette marque d'affection. Le vulgaire juge de
tout fort mal, parce qu'il s'en tient aux apparences, et qu'il ignore qu'en fait d'amour plus
on en montre et moins il y en a. Pour tous les
yeux dont le dard s'émousse à la superficie,
et ne sait pas pénétrer jusqu'à la substance,
M. Delcros gagnait ainsi à peu de frais les mé-
rites du plus enthousiaste des époux. C'était
une fleur brillante plantée dans un fumier in-
fect, mais voilant sous quelques feuilles son
immonde origine.

Nancy se laissa donc conduire dans une petite chambre au rez-de-chaussée. Elle l'exa-
mina, et son front s'anima d'un éclair de bonheur ; ce n'était pas sa chambre de l'an dernier.

Cette légère infraction au triste itinéraire qu'on lui faisait suivre avec une ponctualité qu'aucun détail ne rebutait, lui parut d'un excellent augure ; et il arriva à cette pauvre femme ce qu'il arrive à des soldats habitués aux revers, le moindre avantage leur est une éclatante victoire ; Nancy se crut délivrée de sa fatalité ; le charme était rompu. M. Delcros se rendit auprès d'elle et voulut dîner dans sa chambre. Nancy prit à peine un lait de poule. Ce repas fut triste, et madame Delcros eut la douleur d'observer que son mari, à qui ni caresses ni démonstrations de toute sorte ne coûtaient en public, devenait dans le tête-à-tête d'une réserve qui dégénérait souvent en brutalité.

Le dîner fini, madame Delcros était seule au coin de son feu, songeant aux chagrins de son funeste voyage. Dieu soit béni ! dit-elle enfin pour se consoler, cette chambre me rassure ;

je m'alarmais à tort : le hasard seul a mené
tout ceci !

Au même instant la porte de sa chambre
s'ouvrit; madame Delcros frémit et se leva.
Depuis que la jeune femme vivait sous ce régime d'appréhensions et de terreur occulte,
le plus léger bruit la faisait tressaillir, et son
système nerveux y avait gagné une suscepti-
bilité extrêmement irritable.

La personne qui entra était la maîtresse de
l'hôtel.

— Madame, dit-elle en s'inclinant avec déférence, je vous demande pardon d'avoir été
forcée de vous recevoir dans cette chambre.

— Comment donc, interrompit Nancy, que
ce début effrayait; mais elle est très commode :
on ne peut rien souhaiter de mieux en
voyage.

— Madame, je vous remercie de cette indulgence; mais votre mari, qui paraît tant vous

aimer, ne prétend pas vous laisser si à l'étroit ;
il n'a accepté cette pièce que provisoirement.
Par bonheur, le logement qu'il vous destine a
été plus tôt libre que nous ne l'espérions, et si
vous voulez me permettre de vous y conduire...

— Madame, je vous répète que je suis très
bien ici, et que je souhaite y rester.

— Vous serez infiniment mieux ; il n'y a pas
de comparaison : un appartement au premier,
une superbe vue sur la terrasse.

— Sur la terrasse ! s'écria madame Delcros.
Et elle tomba dans son fauteuil.

— Madame, poursuivit l'hôtesse, votre répugnance est mal fondée et si vous voyiez seulement...

— Je n'irai pas, dit Nancy, en agitant convulsivement sa main comme pour repousser un
objet d'horreur ; n'espérez pas m'y faire aller
entendez-vous ?

Puis se reprenant aussitôt : Cela vous étonne,

ajouta-t-elle; je suis ainsi faite. Un caprice...
une idée... des motifs que je ne puis dire...
L'hôtesse ne s'expliquait guère de telles lu-
bies; c'est pourquoi elle prit le parti de les
respecter parce qu'elle ne les comprenait pas.

—Ma foi, finit-elle par dire, je n'exécute ici
que les ordres de M. votre mari.

— De mon mari! répéta madame Delcros.
Eh bien! répondez-lui de ma part, que me
faire quitter cette chambre ce serait me dés-
obliger beaucoup; je l'aime, j'y tiens! Allez.

La maîtresse de céans se retira, non sans ré-
fléchir combien il était regrettable de voir un
homme aussi honnête que paraissait l'être M.
Delcros, *affligé* d'une femme aussi fantasque.

Nancy retomba bien rudement du faîte de
cet édifice d'espoir qu'elle venait d'improviser
sur le sol décevant de la probabilité. Repré-
sentez - vous un prisonnier à vie qui sent
tout à coup sa prison s'ouvrir, ses chaînes

tomber, qui a devant lui de l'air et de l'espace :
si, alors qu'il se croit libre, son geôlier le saisit
et le plonge de rechef dans son cachot éter-
nel, qui pourra décrire la désolation de cet
homme ? Qu'un noyé s'accroche à une
branche suprême, et que déjà au bord du
gouffre ce frêle appui craque dans sa main,
quelle sensation plus terrible peut-on imaginer ? Eh bien ! la situation de madame Delcros avait quelque analogie avec celles-là.

La pauvre femme n'eut pas de peine à se figurer qu'on lui avait lu un irrévocable arrêt,
et son mari, qui survint quelques minutes après,
lui produisit l'effet du bourreau venant exécu-
ter la sentence.

M. Delcros était accompagné de l'hôtesse : il
prit une physionomie engageante, et s'approcha
de sa femme, qui se cramponna aux deux bras
du fauteuil.

— Comment, ma bonne amie, lui dit-il d'une

voix doucereuse, tu me faisais l'injure de penser que je te logerais dans une chambre si modeste?

Nancy ne répondit rien et ne bougea pas.

M. Delcros fronça imperceptiblement le sourcil.

—Je n'entends pas que tu passes la nuit ici: je l'exige! D'ailleurs, madame a déjà disposé de cette chambre.

Nancy regarda l'hôtesse, qui fit un signe d'assentiment.

La pauvre femme alors rassembla ses deux mains sur son cœur par un mouvement de résignation, sans perdre néanmoins son attitude de morne passivité.

M. Delcros l'embrassa au front, la releva de force, et la saisissant par le bras, la contraignit de l'accompagner. Nancy se laissait traîner comme une victime; l'hôtesse la précédait. Une fois arrivés dans l'appartement, que

Nancy ne reconnut que trop, M. Delcros fit asseoir sa femme près de la cheminée :—Eh bien ! folle, n'es-tu pas infiniment mieux ? lui dit-il. Puis il se retira en l'accablant de mille tendresses qui édifièrent le témoin de cette scène conjugale.

Ils partirent enfin.

Nancy se jeta tout habillée sur son lit, où elle eût voulu trouver la mort, et où elle ne trouva que l'insomnie et le désespoir.

La malheureuse femme pensait alors que sa désolation ne pouvait plus s'accroître désormais, elle se trompait. Dans les afflictions excessives on veut trouver un motif d'espoir jusque dans leur excès même ; on se flatte que toutes les cordes de la souffrance ont vibré ; mais le mal, avec une habileté inouïe, sait encore découvrir des cordes inconnues qui dormaient en nous, et dont le secret ne nous est révélé qu'alors seulement qu'elles résonnent sous la main de la douleur.

Cette dernière épreuve avait été la plus accablante pour Nancy. Le refuge incertain du doute lui était fermé; mais si elle ne voyait plus dans son lent martyre la main aveugle du hasard, elle se refusait encore à y reconnaître la main honteuse d'une implacable vengeance. Cette femme était trop étrangère à la science du mal pour en pouvoir comprendre le génie : des choses qui donnent la mort, elle ne connaissait que les matérielles, ignorant qu'il est des poisons spirituels et d'invisibles poignards qui passent par l'âme pour détruire le corps.

Ainsi donc, madame Delcros, en présence de preuves si criantes, ne pouvait admettre que son mari n'eût pas été minutieusement renseigné sur tous les détails du premier voyage. Son heureuse mémoire, qu'on doit plutôt appeler malheureuse, dans ces circonstances, lui faisait apprécier cette fidélité à copier non seulement le primitif itinéraire, mais à observer encore les anniversaires de tous les accidens de ce premier voyage : les dates, les lieux étaient pour ainsi dire calqués.

Par qui et comment M. Delcros avait-il été si bien instruit ? Nancy espérait que cela avait dû être par son père, et elle tâchait d'écarter l'idée d'une révélation par son imprudent manuscrit. Oh ! si son père eût été encore de ce monde, la jeune femme lui eût aussitôt écrit pour trancher cet inextricable nœud qui l'enlaçait comme les plis d'un serpent.

Cette probabilité, à laquelle elle s'attachait des deux mains, restait donc forcément indécise; mais elle prenait consistance quand Nancy venait à se démontrer à elle-même l'impossibilité de la découverte de son journal de voyage. D'abord en le détruisant, ne l'avait-elle pas trouvé dans le même état et à la même place où elle l'avait enfoui ? En second lieu avait-elle détaché un seul instant de son cou la clé de ce discret tiroir ? Jamais.

Ensuite, en admettant même que son mari eût déterré ce monument, à coup sûr il s'en serait emparé pour reprocher avec éclat à sa femme le crime qu'elle avait commis, pour l'accabler de ses justes récriminations, et peut-être pour la condamner à une séparation éternelle. Or, aucune de ces conséquences inévitables n'avaient eu lieu, et le journal avait été retrouvé intact. Une dernière hypothèse s'offrait encore pour éparpiller les incertitudes, à savoir l'indiscrétion de M. Achille d'Estourmel. L'homme capable de trahir une jeune fille est bien capable de l'accuser ; mais Nancy n'avait aucun fait sur lequel asseoir cette supposition.

Ainsi la pauvre femme, déchirée par mille angoisses, flottait entre toutes ces imaginations qui la rongeaient sourdement.

Quelquefois Nancy allait jusqu'à se figurer que c'était sa faute à elle si son mari était sombre, taciturne, inquiet. Peut-être a-t-il cru, se disait-elle, me faire une grande joie que de me conduire avec lui dans les mêmes lieux attristés une première fois par la présence de mon père malade ? Fâché de ce que je n'ai pas su apprécier la delicatesse d'un tel procédé, pour des motifs qu'il ignore... qu'il doit toujours ignorer, M. Delcros s'éloigne de moi : il ne m'aime plus... Oh ! maintenant il me déteste. Il a l'air de souffrir quand nous sommes ensemble ; et en public, s'il me prend le bras, il l'écrase contre sa poitrine, et les baisers qu'il me donne ressemblent plutôt à des morsures qu'à des caresses. Oh ! mon Dieu ! je suis seule, sans appui, et le chagrin me consume !

Ainsi gémissait tout bas cette victime obscure, madame Delcros dépérissait à vue d'œil. Si par hasard elle entrevoyait une lueur de

salut, c'était pour retomber plus lourdement,
semblable à ces oiseaux enfermés dans une
chambre qui, sur la foi d'un rayon du soleil,
s'élancent et prennent l'essor pour aller donner de la tête contre la vitre qui les rejette
étourdis au fond de leur prison.

Pour s'accrocher à quelque chose de réel au
milieu de ce vague, madame Delcros s'enhar-
dit à interroger son mari.

— Mon père, lui dit-elle en baissant les yeux
et en rougissant beaucoup, ne vous a-t-il jamais entretenu de notre voyage aux Pyrénées ?

— Je l'ai oublié, répondit M. Delcros en ri-
dant son front. Puis aiguisant un regard scru-
tateur donc il lança le dard sur la figure de la
pauvre femme : pourquoi cette question, demanda-t-il ?

—Oh ! pour rien, se hâta de répondre Nancy,

qui tremblait de tous ses membres ; pure curiosité !

Et jamais son audace n'alla au delà de cette
stérile tentative.

Il n'y avait pas encore une semaine que les
deux époux étaient installés à Cauterets ; madame Delcros se rappelait que l'année précédente l'inconstance maladive de son père avait
empêché que leur résidence dans ce village se
prolongeât au delà de cinq jours : elle attendait donc avec perplexité ce terme qui devait
lui apporter une nouvelle douleur. Le soir de
ce cinquième jour M. Delcros entra chez sa
femme, d'un air délibéré, s'assit, et lui parla
ainsi : « Ma chère, je m'aperçois que ces lieux
te déplaisent. »

—Moi ? bien au contraire : j'y passerais volontiers toute la saison, interrompit Nancy. Je
n'aime rien tant que Cauterets.

— Je mè suis donc trompé, répliqua M. Delcros, sur un ton de dépit.

— Je ne vous en veux pas, reprit Nancy.
En même temps elle tendait sa main avec un
doux sourire.

L'ex-agent d'affaires, n'ayant pas l'air de
comprendre ce geste amical, continua sans
prendre cette main.

— S'il en est ainsi, cela prouve que nos
goûts et nos humeurs ne s'accordent en rien :
comme cela arrive, ajouta-t-il avec un soupir, de presque tous ces mariages que, par dé-
rision sans doute, on appelle des mariages de
convenance. Pour ma part, je trouve cette
petite ville fort mausade, et je ne serais pas
fâché de la quitter.

— Déjà ? Mais nous arrivons à peine, objecta
madame Delcros. D'où provient une si soudaine aversion ?

— Mon Dieu ! mon amie, des mêmes motifs

qui vous ont fait partir avec tant de joie de
Bigorre : je m'y ennuie.

Madame Delcros baissa les yeux.

— Or, poursuivit le mari, comme dans un
ménage le bon accord ne s'acquiert qu'au prix
de concessions mutuelles, j'ai pensé que t'ayant
sacrifié Bigorre, tu daignerais à ton tour me
sacrifier Cauterets. N'est-ce pas?

— Eh bien! balbutia la pauvre femme, je
consentirai à partir sous peu... dans quelques
jours.

— Un sursis? en ai-je opposé un à ta première envie, répliqua séchement M. Delcros.
Je prie quand je suis le maître, je manifeste
des désirs quand je puis donner des ordres :
en vérité, je te remercie de me faire repentir
de cette absurde condescendance. Demain
nous partirons.

Puis il finit sur un ton aigre-doux :

— Ma chère femme, tu es avertie, fais tes

dispositions; et il tourna le dos pour s'en aller.

Madame Duclos courut après lui.

— Au moins, s'écria-t-elle, ramenez-moi à Chartres! Ce climat me nuit, j'y mourrai.

— Allons donc! fit en haussant les épaules le froid interlocuteur. Est-ce que vous y êtes morte l'an dernier? Il faut beaucoup plus que cela pour tuer une femme.

Il accentua ces dernières paroles d'une sinistre expression qui ressemblait à un regret.

— A Chartres! à Chartres! Je vous le demande en grâce, insista Nancy.

— Que vous importe? lui répondit Delcros, qui, dans sa colère, cessa de la tutoyer. Une femme près de son mari est toujours chez elle et à sa place.

— Eh bien! dit Nancy éplorée, partout!

partout ! excepté à Bagnères-de-Luchon ! Promettez-le moi.

Le petit homme fit comme s'il n'avait pas entendu, il marcha vers la porte, et avant de la fermer brusquement sur ses talons, il dit, sans détourner la tête :

— Demain soyez prête à partir !

Nous ne retracerons pas par le menu les poignantes émotions de ce nouveau voyage. Le bourreau de Nancy pouvait seul prendre un atroce plaisir à détailler le progrès de cette consomption et de ces tortures. Supposez une voûte immense à son orifice, et allant toujours en se rétrécissant jusqu'au bout. Eh bien ! cette femme éprouvait les sensations de celui qu'on pousserait de vive force dans ce gouffre de pierre. Près du seuil il y a de l'espace et de l'air ; mais insensiblement il sent les parois s'affaisser, le souterrain s'amoindrir et se réduire enfin aux dimensions d'un tombeau qu'il croit être le sien.

Dans sa lutte de résistance indécise, madame Delcros avait consumé tout ce que Dieu lui avait départi de juvénile vigueur. Maintenant elle a fait abdication de toute force, de toute volonté : rien ne parle plus en elle, ni répugnance ni désirs.

Elle n'éleva aucune nouvelle plainte d'être conduite à Bagnères - de - Luchon , aucune plainte de ce qu'on la forçait de revoir l'hôtel de France, et, presque d'elle-même, elle se rendit à la chambre n° 13, que son mari avait retenue à son intention. Il semblait dès-lors que cette femme se complût dans son infortune ; elle ne tentait rien pour la conjurer. On eût dit que, désespérée de s'être en vain accrochée aux branches pour ralentir sa chute, elle secondait elle-même l'élan qui devait la précipiter dans l'abîme.

Quant à l'agent d'affaires, il continua à Bagnères le système dont il avait déjà expéri-
menté le succès avant d'atteindre cette suprême station. Seulement ici il modifia les
apparences menteuses de son amour : il se
donna pour une victime rivée aux caprices
d'une femme malade, mais adorée. Il conta
en pleurant ses appréhensions et ses espérances; il dit les bizarreries de son itinéraire
pour en glorifier cette affection qui le faisait
condescendre aux plus puériles fantaisies
de sa femme. On mesura la grandeur de
son amour sur les prodiges qu'il lui faisait
accomplir, et bientôt à Bagnères tout le
monde admira et plaignit cet honnête mari
dont tout le bonheur reposait sur une vaine
ombre qui allait tous les jours en s'affaiblis-
sant.

Nancy ne quitta pas sa chambre : elle ne
sortit qu'une fois, et encore sur les instances

réitérées de son mari, qui, sans doute, voulait par cette exhibition préparer les esprits au dénoûment qu'il voulait graduellement amener.

Un soir, M. Delcros entra tout guilleret et l'air enchanté dans le salon de l'hôtel où les étrangers avaient pour habitude de se réunir. Quelqu'un lui ayant demandé la cause de cette allégresse insolite :

— C'est, dit-il, que ma femme s'est un peu remise, et demain, pour se distraire, elle m'a demandé à faire avec moi une promenade à cheval.

— Et vous avez consenti ?...

— La belle question. J'ai déjà commandé les montures.

— Prenez garde, c'est imprudent.

— N'allez pas m'effrayer, reprit M. Delcros avec une émotion bien jouée ; c'est le souhait de Nancy : elle connaît ses forces, et moi je n'aurai jamais le courage de lui désobéir. Je vais, au contraire, la prévenir de ma démarche, et me réjouir auprès d'elle de notre bonheur de demain.

Là dessus, l'ex-agent d'affaires salua la compagnie et courut à la chambre de sa femme.

Il trouva celle-ci accoudée sur un guéridon et la figure entièrement cachée dans ses mains. Une lampe veillait sur la cheminée et un feu sans flamme languissait dans l'âtre. L'arrivée du mari ne dérangea rien de la posture de la pauvre femme ; mais quand il fut entré, Nancy releva doucement la tête et ouvrit péniblement ses jolis yeux que la lumière fatiguait.

— Eh bien ! mon amie, commença le visisiteur sans autre préambule, es-tu toujours malade ?

— Pas encore assez, répondit Nancy en portant sa main au cœur.

— En vérité, ajouta indifféremment Delcros, n'était la perte de ta santé que je déplore, ce n'est pas grand dommage de garder sa chambre ; il n'y a rien ici de curieux à voir.

Cette réflexion faite, il s'en suivit un silence de quelques instans ; M. Delcros le rompit.

— Quand je dis, reprit-il, qu'il n'y a aucune curiosité, je me trompe, il en est une qu'on vante beaucoup.

— Et laquelle ? demanda cette femme avec une subite anxiété.

M. Delcros fit négligemment cette réponse : « La vallée du Lys. »

Et sur ce mot, cette femme bondit et se leva. Une rougeur subite enflamma ses joues amaigries ; un effort convulsif la retint debout.

— Enfin, s'écria-t-elle, enfin je tiens une

réalité. Contre elle va se briser mon front,
sans doute ; mais du moins en le brisant, je la
toucherai cette réalité que je cherchais... Oui,
je la cherchais quelle qu'elle fut, et toute affreuse qu'elle se présente, je l'accepte avec
transport. Il faut pour cela que la nuit du
doute soit bien hideuse, n'est-ce pas ? Oh ! ne
jamais trouver rien de palpable ! vaguer dans
un chaos fluide ! tendre toujours la main sans
savoir sur quoi la poser ! ignorer ce qui cède
et ce qui résiste ! prendre pour des corps des
ombres et des fantômes qui fuient quand on
les approche ! Oh ! plutôt que ces désespé-
rantes incertitudes, mieux vaut cent fois mesurer l'abîme et s'y précipiter les yeux ouverts !
Merci de votre tardive franchise : vous savez
tout ! vous savez tout !

Cette surexcitation fébrile avait comme
galvanisé cette femme. On eût dit que ce
n'était pas sa voix qui parlait dans ce corps

délabré; l'âme venait de faire irruption au dehors. Mais un effort si grand devait avoir peu de durée; c'était la clarté la plus vive de la lampe qui s'éteint. Après cette apostrophe, lancée tout d'un trait, Nancy s'affaissa dans son fauteuil; et quand M. Delcros, armé de ce dernier mot : « Vous savez tout, » se posta en face de sa femme, et l'interrogeant du regard et de la parole, lui dit : Eh bien! madame, que sais-je? Alors celle-ci regretta son courage de tout à l'heure et recula devant l'explication.

— Il y a donc un secret que j'ignore? insista le questionneur avec un accent naturel que Nancy prit pour la vérité.

— Aucun, j'imagine, balbutia-t-elle. Ne m'écoutez pas. J'ai la fièvre... Je suis folle!...

— Oui, folle, ma foi, répartit Delcros, folle de vous exaspérer ainsi quand je prononce seulement le nom, si doux à l'oreille, de la vallée du Lys.

Nancy ne put se défendre d'un subit tressaillement.

Son mari, sans avoir l'air de le remarquer, ajouta :

— Avec des femmes de votre sorte, il n'y a pas moyen de s'entendre. Moi qui venais vous faire une joyeuse proposition, c'est ainsi que vous me recevez; vous ne m'avez même pas permis d'exposer l'objet de ma visite.

— Je le connais, monsieur, interrompit Nancy vivement.

— Voyons si vous avez deviné juste, demanda le mari d'un air traîtreusement enjoué.

— Monsieur, tuez-moi donc tout de suite, je vous en conjure, ajouta la pauvre femme en tombant à genoux : ne me faites pas souffrir plus long-temps.

— Vous perdez la tête, mon amie; vous

tuer ? Je m'en garderai bien... Qui parle
de vous tuer? moi qui vous ai donné mon
nom, ma fortune; moi qui vous ai comblée
de biens, de plaisirs, et qui demain encore
vous conduirai dans la délicieuse vallée du
Lys.

— Je n'irai pas! je n'irai pas! s'écria Nancy.

— Ne criez pas si fort, ma chère, fit Delcros; c'est de mauvais ton; et puis, vous le
savez, je n'aime ni le bruit ni le scandale. Que
tout se passe dignement. Personne n'a rien à
voir entre nous : songez-y bien. Ainsi, c'est
convenu. Adieu.

Le lendemain, dès l'aube, M. Delcros, fidèle
à sa menace, parut chez sa femme : il la trouva
agenouillée sur son prie-dieu, et tout semblait
annoncer qu'elle avait passé la nuit en oraison.

— J'ai entendu vos terribles apprêts, dit-
elle; mais vous n'aurez pas la barbarie de

m'arracher d'ici... Je vous le jure, je suis fort malade.

— Vous vous flattez, répondit avec dureté cet homme, qui était entré botté, éperonné et la cravache à la main. Un temps superbe, vous allez me suivre.

— Mon ami, prenez pitié de moi, poursuivit cette douce victime; il faudrait me traîner.

— Si c'est indispensable, on le fera, interrompit Delcros d'une voix atroce.

Aussitôt, sans plus longue conversation, il prit cette femme, la souleva dans ses bras, l'aida à endosser un costume d'amazone, lui mit son chapeau, lui attacha son voile et lui noua une cravache à la main.

—Tu es bien pâle, dit-il en la regardant quand il l'eut habillée. Tu ne peux pas sortir ainsi! En même temps il prit du rouge qu'il étendit sur les joues cadavéreuses de cette femme.

—Bien! maintenant nous pouvons partir.

Et il saisit le bras de cette femme et la traîna jusqu'aux chevaux qui attendaient devant la porte. Il assit Nancy sur la selle avec des précautions infinies, ce qui faisait dire aux domestiques, témoins naturels de cette scène : En voilà un qui raffolle de sa femme : en faut-il avoir de la complaisance et du cœur, pour faire ainsi les quatre volontés d'une malade !...

Pendant ce temps-là le couple matinal suivait la route qui longe les lacs de la montagne et conduit par les plus agréables méandres à la célèbre vallée du Lys. Le soleil naissant illuminait ces crêtes neigeuses, que le val était encore plongé dans cette ombre fluide et blanche, dernier voile de la nuit, le plus diaphane de tous, et qui semble se replier à regret devant les clartés du jour.

M. Delcros, avec un enjouement factice, ne tarissait pas sur le pittoresque des sites, la

fraîcheur du paysage et la discrétion des forêts qui bordent le chemin. Dans ces lieux, disait-il, tout semble convier aux tendres affec-
tions; ce silence, cette obscurité, cette mélodie
que chante la cascade et que l'arbre roule dans
son feuillage. La nature a déployé ici toutes les
séductions, et l'on dirait qu'elle a voulu impri-
mer un cachet sentimental à cette vallée : observez de quelle manière le torrent se divise
au début de sa chute et se réunit à l'extrémité
de façon à découper un cœur, ce qui a fait dési-
gner l'une de ces chutes d'eau par ce nom
cher aux amoureux : la Cascade du Cœur.

Nancy, depuis le départ, n'avait pas prononcé un seul mot : c'est à peine si elle entendait ces réflexions, dont elle devait comprendre l'intention secrète et l'amère ironie.

Contre un des escarpemens formés par
cette gorge est adossé un châlet isolé où habite une chevrière. M. Delcros, instruit que

les curieux allaient d'ordinaire se reposer dans cette agreste demeure, sous prétexte d'y boire du lait, voulut la visiter aussi.

Une vieille femme reçut les deux époux. Nancy tenait son voile baissé; mais M. Delcros, comprenant sans doute les motifs d'une telle précaution, releva ce tissu protecteur. Aussitôt la paysanne joignit les mains et se recula frappée de surprise.

— Oh! mon Dieu, madame, comme vous voilà changée depuis un an! D'un peu plus, je ne vous reconnaissais pas.

Certes, Nancy l'eût bien préféré, car cette confrontation semblait arriver tout exprès pour combler la mesure de ses souffrances. La jeune femme essaya de faire diversion à ce funeste entretien; mais M. Delcros s'empressa d'y ramener la conversation.

— Vous avez donc vu madame l'an dernier? demanda-t-il.

—Oui, monsieur, et elle n'était pas seule ; on peut bien vous le dire à vous qui devez être son père.

M. Delcros consentit de la tête. Nancy allait protester contre cet impudent mensonge ; mais son mari, d'un geste et d'un regard, glaça son courage.

— J'ai compris que vous étiez son père, continua la vieille, parce que ces deux jeunes gens parlaient beaucoup de vous l'an dernier qu'ils vous avaient laissé à la ville. Mais où est-il *lui*, votre gendre, car ils devaient se marier le lendemain ?

—Il viendra, nous l'attendons, répondit M. Delcros sans se déconcerter.

Nancy, muette, livide, s'appuyait de sa main défaillante pour ne pas s'évanouir.

—A la bonne heure ! il était si gai le pauvre jeune homme ! il paraissait tant aimer votre fille. Tenez ! il me souvient qu'avec un cou-

teau il grava quelque chose sur l'écorce de ce
platane qui est devant ma porte. M. Delcros
s'approcha pour regarder et lut cette date, 6
août 1838 ! Il y a juste une année, observa-t-il;
puis élevant la voix : Ma fille, s'écria-t-il, ré-
jouissons-nous, c'est aujourd'hui l'anniversaire
de ce jour de bonheur.

A ce coup, Nancy tomba sans connaissance
sur le lit de la chaumière.

Son mari et la vieille femme s'empressèrent
autour d'elle pour lui donner assistance; mais
tous les soins devenaient inutiles. Ce n'était
pas une crise, c'était une agonie. M. Delcros
se montra fort préoccupé des suites de cet accident; il délibéra un instant si sa femme pourrait en reprenant des forces se tenir à cheval :
il était difficile d'avoir une telle confiance.
C'est pourquoi il courut au galop tout éploré
chercher sa voiture à Bagnères, et quelques
heures après Nancy fut rapportée mourante à

l'*Hôtel de France*, dans cette même chambre du numéro 13, laquelle semblait vouloir justifier la funeste influence que la superstition attache à ce nombre fatal.

Le soir même que Nancy fut apportée dans un si piteux état de la vallée du Lys, il arriva à l'hôtel de Toulouse un jeune homme de bonnes façons, les cheveux noirs, le maintien austère, et qui sur le registre des voyageurs écrivit le nom d'Achille d'Estourmel.

Le nouveau venu, comme cela se pratique, fut bientôt mis au courant du personnel des baigneurs, et les détails ne lui manquèrent certes pas sur le ménage si édifiant des époux Delcros. Les jeunes femmes racontaient surtout avec enthousiasme les prouesses conjugales de l'ex-agent d'affaires : c'était comme une espèce de beau idéal dont elles prêchaient l'imitation. Les maris, qu'un modèle si compromettant gênaient beaucoup, tentèrent de

déprécier, par le ridicule, l'homme qui
leur rendait l'emploi si onéreux ; mais leur
essai de satire n'eut aucun retentissement, et
il fallut se ranger du côté des approbateurs.

Disons ici, en manière d'excuse pour cette
défaite, qu'il était bien difficile de lutter contre
un comédien aussi habile, et surtout aussi patient que l'était M. Delcros. Sa figure, qui jamais ne réflétait les sentimens intérieurs, était
toujours aux ordres de ses volontés : toutes
les impressions qui vont du rire aux larmes
inclusivement, il les arborait selon les exigences de son rôle.

Depuis que Nancy s'était alitée, Delcros
lui servait de garde-malade ; il veillait toutes
les nuits à son chevet, et le jour il ne la quit-
tait que quelques heures, laissant veiller auprès d'elle une vieille servante, la seule personne à qui il fût permis d'approcher de ce lit
de douleurs.

Ces rares heures de distraction que l'agent d'affaires semblait prendre avec remords, et seulement, disait-il, pour obéir aux injonctions de sa femme, il les employait à offrir aux yeux du public le spectacle de sa désolation.

Dès que M. Delcros connut l'arrivée de M. Achille Destourmel, il parut rechercher ce jeune homme, triste comme lui. Ceux qui les virent ensemble attribuèrent à l'aimant de la douleur et à la conformité des sentimens la sympathie des deux affligés; mais si, d'une part, c'était bien réellement la cause de cette inclination naissante, nous savons que, de l'autre, ce rapprochement avait été dicté par les combinaisons d'un odieux calcul.

Bientôt cette affection réciproque grandit, et tous les momens que M. Delcros dérobait à sa femme, il venait les passer en tête à tête avec son jeune ami.

D'Estourmel crut devoir récompenser cette

assiduité par une entière confiance. Il raconta
à M. Delcros l'histoire de cet amour que celui-
ci ne connaissait déjà que trop. Ce dernier eut
l'effronterie en écoutant ce récit, d'étaler un
intérêt et une compassion qui touchèrent jusqu'aux larmes le cœur du jeune amant.

Achille saisit avec effusion la main de son
ami :

— Vous seul m'avez compris, lui dit-il.

— Ah! c'est que je souffre et que j'aime
comme vous avez aimé et souffert, soupira
Delcros.

— J'avais menti à cette pauvre fille, continua d'Estourmel, je me dis libre et j'étais
marié. Oh! Dieu m'a bien puni de ce vil mensonge. Le lendemain de ce jour de bonheur, de
délire, ou plutôt le lendemain de mon crime
et de ma lâche séduction, je reçus une lettre
dans laquelle on me mandait que ma femme

était en danger de mort. Que faire ? Partagé
entre mon cœur et mon devoir, j'hésitai deux
grands jours, après lesquels j'écrivis quelques
mots d'excuses à cette jeune fille que j'abandonnais si brutalement, et je quittai Bagnères
dans la nuit, en secret, comme ferait un assassin.

« Ma femme était morte avant mon retour...
Ce trépas me rendait à ma liberté. Désormais
je pouvais être fidèle au serment que j'avais
imprudemment engagé dans la folle ivresse de
mon exaltation amoureuse ; mais, hélas ! le
respect humain m'interdisait toute démarche,
toute recherche, et je ne savais point quel
endroit habitait ma bien-aimée. Nous nous
étions rencontrés dans ces montagnes qu'on
vient chercher de si loin, et certes, tout entier
à ma passion, je ne m'étais pas enquis du lieu
où résidait la femme qui, à mes yeux, rem-
plissait tout l'univers.

» Cette ignorance me désolait. A peine si je connaissais son nom, que je n'ai dit à personne, et que je n'ai jamais prononcé, de peur de compromettre celle qui le porte. »

— C'est très bien, mon ami, interrompit d'un ton approbateur M. Delcros; une telle conduite excuse bien des torts, et certes ce n'est pas moi qui vous demanderai de violer ce secret en ma faveur.

— Merci, mon généreux ami! oh! merci! car je ne sais si j'aurais eu la force de garder ma disrétion vis-à-vis de vous.

— C'eût été imprudent de ne pas le faire, objecta Delcros; ce secret n'est pas le vôtre.

— Oh! comme vous comprenez la générosité, reprit d'Estourmel. Ce nom est resté gravé dans les plus intimes replis de mon cœur. J'avais entendu dire au père de la jeune fille qu'il reviendrait cette année aux bains

de Bagnères, et je suis accouru. Voilà un mois
que je parcours ces montagnes. Tous les lieux
où se rendent les malades ou les oisifs, je les
ai visités, et maintenant je suis venu ici terminer mes perquisitions. Je tremble à chaque
nouvelle figure de jeune fille qui m'apparaît :
j'ai cru l'apercevoir bien souvent ; tantôt c'est
une conformité de taille qui m'a abusé, d'autres fois des ressemblances de costume m'ont
causé des illusions qui toutes, hélas ! se sont
évanouies. Vous le dirai-je ? je désire ardem-
ment et j'ai peur néanmoins de la rencontrer.
Si elle était mariée ! Oh ! je préférerais, je
crois, ne plus la revoir.

— Mon ami, ne désespérez pas, dit M. Delcros avec une feinte commisération. Ayez
plutôt confiance, vous la retrouverez ! Et malgré lui, cet homme imprima à cette assertion
comme un accent de sinistre prophétie auquel
tout autre que d'Estourmel eût pris garde ;

mais il était absorbé par ses méditations, et le jeune homme se contenta de secouer sa tête incrédule.

— Voyons! ajouta cordialement Delcros, ne vous laissez pas abattre, soyez fort! Prenez exemple sur moi; après tout, je suis plus malheureux que vous. Si vous saviez combien il est douloureux et cruel d'assister à toute heure à l'agonie lente d'une femme qu'on idolâtre, de constater avec effroi les progrès du mal, de se trouver sans cesse en face d'une mort imminente, prête à vous arracher ce que vous avez de plus cher. Oh! si vous connaissiez de telles angoisses, vous n'oseriez peut-être pas vous plaindre devant moi.

— Mon ami, j'en conviens, j'ai tort, pardonnez-moi, répondit le jeune homme pour apaiser cette douleur. Vous l'aimez donc bien cette femme?

— Si je l'aime! répliqua Delcros. Je l'aime

autant que vous aimez la jeune fille dont vous me parliez avec transport. Si je l'aime ! je vous en fais juge : elle n'avait rien, je n'ai pas hésité à lui donner mon nom et une fortune. Jamais femme ne trouva chez un mari plus de déférence, plus d'assiduité, plus d'amour. Elle n'a jamais souhaité en vain quelque chose de réalisable ; tous ses rêves, je les ai accomplis ; ses moindres désirs étaient des faits, ses caprices des ordres aussitôt exécutés que conçus. Si je l'aime ! Apprenez qu'avant son mariage, madame Delcros avait eu un premier amour.

Achille ne put retenir un mouvement de surprise.

— Oh ! ne vous effrayez pas, fit M. Delcros, qui aperçut ce geste. Ce n'était pas un amour criminel comme le vôtre ; c'était une amourette d'enfans, une inclination chaste et pure comme tous les sentimens de cette femme, de

cet ange qui se meurt. Malgré cela, les impressions sont si profondes et si durables dans
le jeune âge, que madame Delcros a conservé
un vif souvenir de cette déception enfantine;
car vous comprenez bien que le jeune étourdi
qui lui avait conté fleurette ne songea plus à
son *éternelle passion*, et que le moment du
départ venu il abandonna sa jeune amante
éplorée. J'ai oublié de vous dire que ceci se
passait aux Pyrénées, je crois, où madame
Delcros avait coutume de venir tous les ans
avec sa famille. Si j'avais moins aimé et
moins connu madame Delcros, je me serais
enquis du nom de l'*ingrat*. Eh bien! et ceci
je vous le raconte pour vous prouver l'aveugle
confiance que m'a toujours inspirée cette
femme, je n'ai jamais songé à lui adresser la
plus légère question à ce sujet. Mais pardon,
mon ami, je me suis oublié; je cours près
d'elle. Adieu, à demain... si elle vit encore.

En même temps, l'ex-agent d'affaires s'arracha deux larmes qu'il eut le soin d'essuyer en présence de son interlocuteur attendri.

Le bon jeune homme pensa que cette douleur était trop violente pour essayer une consolation. D'ailleurs, c'était rendre un mauvais office à cet homme que de détourner sa pensée d'un malheur à peu près certain. Il valait mieux le laisser s'aguerrir par l'habitude à cette affliction, et peut-être qu'ainsi le coup étant prévu d'avance, lui deviendrait moins terrible. Néanmoins, pour ne pas laisser partir son ami sans un mot de commisération, M. d'Estourmel s'en tira comme on fait en pareille occurrence, par une banalité.

— C'est trop vous désoler, lui dit-il. Qui sait ? Tant qu'il y a vie, il y a espoir. Adieu !

Et parlant ainsi, il reconduisit jusque sur l'escalier M. Delcros, qui lui serra la main en signe de reconnaissance, et le pria de ne pas l'accompagner plus loin.

Par discrétion, d'Estourmel n'insista pas et rentra fort affligé dans son appartement. Le lendemain son ami ne vint pas, et Achille apprit que madame Delcros était morte dans la nuit. Les obsèques se célébrèrent avec la pompe et la désolation qu'entraînaient une si grande perte. A d'Estourmel échut le triste honneur d'accompagner M. Delcros, qui sans doute, pour donner son affliction en spectacle, ne voulut se séparer qu'au tombeau de cette femme qu'il avait si lentement étouffée sous le bâillon d'une lâche et atroce vengeance.

Quelques heures après cette cérémonie funèbre, pour la célébration de laquelle M. Delcros n'avait épargné ni les pleurs ni les sanglots, d'Estourmel vit entrer dans sa chambre son inconsolable ami. Le jeune homme courut vers lui, le saisit dans ses bras, le fit asseoir en mêlant ses larmes aux siennes.

Cette scène muette se prolongea quelque temps : tout à coup M. Delcros secouant cet abattement qui lui enlevait jusqu'à l'usage de la voix, finit par s'exprimer ainsi, malgré les sanglots qui entrecoupaient ses paroles.

— Mon ami, je n'oublierai jamais avec quel dévoûment fraternel vous m'avez assisté dans ces affreuses conjonctures : vous savez compatir à l'infortune parce que vous avez souffert !

— Oh! oui, et je souffre encore, répliqua le jeune homme en portant la main à son cœur; mais je ne vous ferai pas l'injure de comparer mon affliction à la vôtre.

— Excellent jeune homme ! poursuivit Delcros en lui prenant la main dans les siennes : je viens encore réclamer de vous un service, et ce sera, je pense, le dernier.

— Oh! parlez! parlez! se hâta de répondre Achille; disposez de moi, ne ménagez rien, je vous en conjure : c'est bien le moins que je fasse quelque chose pour celui-là seul qui a su me soulager dans ma peine. Je bénirai comme une bonne fortune toute occasion de vous obliger qui se présentera. Parlez donc, je vous écoute !

— Merci, mille fois merci de tant de bonté, poursuivit Delcros. Après l'événement irréparable qui vient de me porter un coup dont je mourrai aussi, vous sentez qu'il doit me tarder de fuir ces lieux où à chaque pas et sous toutes les formes je retrouverai la douleur qui m'accable. J'ai donc fait mes dispositions pour m'éloigner; ma voiture m'attend.

— Si tôt! ne put s'empêcher d'objecter le jeune homme.

Un instant après, il ajouta, comme se reprenant : — Je n'ose tenter aucun effort pour vous retenir; mais j'éprouve le besoin de vous dire que ce départ m'afflige et qu'il ne faut rien moins que la malheureuse cause qui le rend nécessaire pour imposer silence à l'égoïsme de mon amitié.

— J'ai donc compté sur vous, continua Delcros, pour une douloureuse mission que je veux confier en mains sûres. Il s'agit de faire graver sur la tombe de celle que je pleure, une inscription qui désigne son dernier asile à ses inconsolables amis.

— J'accomplirai pieusement vos volontés, Achille d'un ton recueilli, il ne vous reste plus qu'à me dicter cette inscription.

— La voici, reprit Delcros. Oh! quelque chose de bien simple ; la douleur fuit l'ostentation.

Et l'ex-agent d'affaires, les yeux dirigés sur la figure d'Achille, sortit de sa poche une feuille où était écrite cette courte épitaphe qu'il lut à haute voix :

« Ici repose madame Delcros, née Nancy de Salornay! »

— L'ai-je bien entendu? s'écria le jeune homme en s'élançant sur le papier comme pour en appeler à ses yeux du témoignage de ses oreilles.

Nancy de Salornay! répéta-t-il avec effroi, Nancy, morte ici, sous ce toit! quoi Nancy a souffert à deux pas de cette chambre. J'aurais dû entendre son agonie, je l'ai accompagnée froidement au cimetière. Oh! mon Dieu, que se passe-t-il? Où suis-je?... secourez-moi!

En parlant ainsi, M. d'Estourmel courait comme un frénétique dans la chambre, les yeux égarés et prenant sa tête à deux mains. Il s'arrêta tout à coup en face de M. Delcros qui était debout.

— Vous la connaissiez donc? demanda Delcros avec un accent où se mêlaient la sévérité et l'effroi.

D'Estourmel s'efforça de secouer la tête par un geste de dénégation.

— Vous connaissiez peut-être ce jeune homme qu'elle a aimé? persista Delcros.

Achille vit dans ce subterfuge que lui offrait le mari, une voie de salut pour sauver son secret prêt à se trahir. Or, dans cette occasion plus que jamais, il entrevoyait un abîme de malheurs qu'il pouvait ouvrir avec une seule parole. Livrer son secret, n'était-ce pas dire à cet homme, à cet ami : «La femme dont vous pleurez la perte ne méritait pas plus votre confiance qu'elle ne mérite vos regrets. Cette femme, que vous avez crue pure et sans reproche, ne s'est jetée dans vos bras qu'après avoir inspiré et ressenti une passion criminelle. Cet amour et ce respect dont vous l'honorez jusque dans la tombe, je les arrache à cette malheureuse victime, j'ose remuer ses cendres encore chaudes pour les jeter au vent du mépris. »

Oui, c'était dire et faire tout cela, car Delcros n'ignorait aucun détail du coupable amour d'Achille, et un mot pouvait éclairer d'une lumière horrible le seul anonyme que ce dernier avait miraculeusement conservé dans son récit. Au reste, il ne fallut rien moins que la considération de tels dangers et que la puissance du souvenir révéré de Nancy, pour étrangler dans la bouche du jeune homme cette révélation qu'il comprima sous d'héroïques efforts.

L'expédient inespéré que lui présentait M. Delcros, expliquait tout et ne compromettait personne. Achille s'en empara aussitôt, et à cette interrogation du mari :

— Vous connaissez peut-être le jeune homme qu'elle a aimé?

— Oui, répondit-il impétueusement; c'est le meilleur des amis.

— Ah! vous le connaissez, reprit M. Delcros, la voix sourde et l'œil en feu. Eh bien! puisqu'il en est ainsi, je vais vous dévoiler ce que j'ai cru devoir vous cacher jusqu'ici. Vous lui direz, à votre ami, que Nancy l'aimait toujours.

— Grand Dieu! par pitié, n'achevez point, s'écria d'Estourmel, haletant sous cette parole saccadée.

— Et que vous importe? est-ce que cela vous regarde, mon ami? observa Delcros sur un ton plein de sarcasme et d'amertume.

— C'est juste, murmura le jeune homme en baissant la tête.

— Dites-lui donc que Nancy l'aimait; dites-lui que cet amour d'enfans dont il a fait un jeu, a produit les funestes résultats dont vous avez été témoin.

— Oh! c'est impossible; je ne veux pas vous croire.

— Je le jure, ajouta M. Delcros avec solennité. Cet amour a tué Nancy, je l'atteste à la face du ciel; la pauvre femme avait pris cet enfantillage au sérieux. L'ingrat m'a traîtreusement délaissée, disait-elle.

— Oh! non, non! il l'aimait toujours, et il mourra pour elle, s'écria le jeune homme emporté par l'élan de cette protestation.

— Il est trop tard, ajouta dérisoirement Delcros, maintenant qu'elle est morte.

— Oui, morte, morte! et Achille se frappait le front avec désespoir. Oh! elle a dû cruellement souffrir, n'est-ce pas? Et il fixait son œil inquiet sur la figure austère de Delcros.

— Certes, elle a beaucoup souffert, répartit celui-ci. L'idée de son amour la poursuivait sans cesse. Elle en parlait dans son délire, elle en rêvait dans son agonie. Elle est morte de désespoir !

— Oh ! assez, assez ! dit Achille d'une voix éteinte ; et posant la main sur la bouche de cet homme implacable : Assez, vous m'arrachez le cœur !

Ce que disant, il pâlit, vacilla et tomba à la renverse.

Delcros se jeta sur ce corps inanimé ; il le saisit, le secoua pour le rappeler à la vie. Pour rien au monde il n'eût voulu qu'on surprît ainsi M. d'Estourmel étendu par terre. Les secours n'obtenaient aucun résultat, et l'ex-agent d'affaires commençait à éprouver de sérieuses inquiétudes. Dans son embarras, il prit ce corps par les épaules, et le traîna péniblement près d'un fauteuil sur lequel il parvint à l'asseoir.

Cela fait, il sonna pour demander assistance. On accourut, et bientôt d'Estourmel fut entouré d'une foule que la nouvelle de cet accident avait mise en émoi. Delcros n'eut pas de peine à trouver un prétexte très plausible pour expliquer cette syncope. Bientôt le jeune homme donna quelques signes de vie, ses yeux s'ouvrirent, il revint peu à peu de ce long évanouissement, et le premier mot qu'il prononça fut une plainte. Nancy! Nancy! disait-il. Mais personne ne pouvait comprendre le mystère que renfermait ce nom, personne, excepté M. Delcros, qui se tenait là debout, attendant la fin de cette crise.

Dès que le jeune homme fut suffisamment remis pour pouvoir comprendre, M. Delcros prit la main de son rival en lui donnant une feuille de papier sur laquelle était écrite l'épitaphe : « Mon ami, lui dit-il avec attendrissement, je vous prie de ne pas oublier la triste mission que je vous lègue en partant : adieu. »

D'Estourmel prit le papier et inclina la tête.

— Adieu, mon excellent ami! répéta Delcros, et il s'éloigna suffoqué par ses sanglots. Chacun se dérangeait pour laisser passer cette grande douleur : la voiture était prête, et M. Delcros se fit aider pour en franchir le marche-pied.

Une fois entré dans sa chaise, il baissa les stores, et, se voyant sans témoins, il essuya ses yeux, se frotta les mains, étendit ses jambes sur cette place occupée naguère par Nancy, et se dit à lui-même avec une joie satanique : «Ma tâche est accomplie. Enfin me voilà seul, libre et vengé! »

FIN DU VAL DU LYS.

DEUX MARIAGES SOUS LOUIS XIII.

I

Le cardinal de Richelieu gouvernait la France et son roi Louis XIII, qui se plaignait d'être réduit au pouvoir de *guérir les écrouelles.* Les affaires de notre pays n'en allaient pas plus mal, et si l'on se reporte au point de départ de cette histoire, à l'année 1636, on retrouve une année des plus glorieuses, surtout par la reprise de la ville de Corbie sur l'armée espagnole.

Ce haut fait d'armes était décisif en ce que les derniers revers avaient consterné la France. Paris, en cette commune détresse, fournit à la hâte une levée de vingt mille hommes pour

renforcer notre armée qui avait à combattre
les forces coalisées des Impériaux et des Es-
pagnols : les plus braves généraux et la meilleure cavalerie de l'empereur s'étaient réunis
aux troupes aguerries de l'armée de Flandre.

Reprendre Corbie, défendue par vingt-cinq
mille chevaux, quinze mille hommes de pied
et quarante canons, c'était fort téméraire à la
France épuisée, et nos ennemis le savaient si
bien qu'ils ne se faisaient aucun scrupule de
nous railler de nos valeureuses prétentions.
Ils affectaient des airs de conquérans : à les
en croire, ils allaient tout d'un trait à Paris
pour le piller et reprendre, jusque dans Notre-
Dame, les drapeaux de la bataille d'Avein. Leur
généralissime Picolomini, outre ces bravades,
s'avisait de jactances assez ridicules dans le
but de nous mortifier. Tantôt il nous envoyait
dire par des trompettes qu'il souhaitait que
nous eussions de la poudre, tantôt qu'il s'affli-

geait avec nous de ce qu'il ne nous arrivait
point de cavalerie. Certes, il ne songeait pas
que cette cavalerie et que cette poudre devaient
le forcer bientôt à rendre Corbie et à la remettre entre nos mains, avec une contrescarpe, trois bastions et trois demi-lunes qu'elle
n'avait point ; ce qui fit dire aux beaux esprits
de France, que l'ennemi, dans notre intérêt,
aurait dû s'emparer de toutes nos villes fron-
tières, s'il devait ainsi les fortifier pour nous
les rendre ensuite.

Le marquis de Chauvelin, qui joue le premier rôle dans notre récit, ne joua pas le dernier au siége de cette ville, et sans trop le
flatter on peut dire qu'il fut pour beaucoup
dans la reddition de Corbie.

L'armée française jouissait depuis quelques
jours de sa nouvelle conquête. Mais si la fortune de la France était florissante, celle du
marquis, en revanche, se trouvait dans un

bien autre état; lequel état, en regard de mille inconvéniens, n'offrait que cet avantage, à savoir qu'il lui était impossible d'empirer.

Comment exprimer plus clair la piteuse détresse où M. de Chauvelin était tombé. Il avait vu partir jusqu'à son dernier écu ; et, qui plus est, son équipage, que les hasards de la guerre avaient épargné, n'avait pas rencontré la même indulgence dans les chances du jeu : un jeu effréné qui, à cette époque, dévorait la noblesse, cœur et biens, et qui l'accompagnait partout, même au milieu des redans, des ravelins et des courtines, dont s'encombrait l'attirail d'un siége. Or, notre marquis apportait au jeu cette ardeur qu'il mettait en amour; il est vrai qu'il trouvait en cette dernière passion les dédommagemens que promet le proverbe aux joueurs malheureux. C'était sur madame de Guébriant, la veuve d'un ex-résident près le roi de Suède, que M. de Chauvelin por-

tait ses visées, et le marquis avait par devers
ui quelques raisons de penser que ses hommages, comme la vertu dont ils ne s'étaient
jamais départis, trouveraient tôt ou tard leur
récompense. Madame de Guébriant, qui suivait la cour, entra avec notre armée à Corbie,
et parvint, au milidu de ce pêle-mêle, à se
ménager, pour elle et sa suite, un logement
à peu près convenable, qu'elle dut plus à l'influence de ses charmes qu'à celle de son cousin,
M. le colonel de Lastic. Cela n'empêcha pas ce
dernier de profiter de la bonne aubaine et du
logis provisoire de sa cousine, au deuxième
étage duquel il s'installa.

Certes, le marquis de Chauvelin ne fut pas
de ce côté aussi favorisé de la fortune ; nous
avons dit qu'il était au dépourvu, aussi ce fut
à grand'peine s'il lui échut, dans une petite
rue sale et tortueuse, les quatre murs d'une
seule chambre. A vrai dire, que lui fallait-il de

plus? Le jeu l'avait débarrassé bien à propos
de ses mulets et de tout son bagage; mais enfin
le vieux La Terrisse, son domestique ou plutôt
son mentor, son majordome, l'un de ces anti-
ques valets qu'on se transmettait de père en
fils dans les anciennes familles, La Terrisse
enfin lui restait encore; moins ingrat que la
fortune, il ne s'était pas éloigné de son maître
avec celle-ci, et il fallait bien lui découvrir
un gîte. Or, le jeune marquis s'était presque
plus inquiété de l'établissement de son valet
que du sien propre, et ne pouvant le loger
auprès de lui, il s'était procuré à son intention
une petite chambre dans la rue des Trois-
Jardinets, au premier et unique étage d'une
maison habitée par mademoiselle Gabrielle de
Fargis, fille d'honneur de la duchesse de
Savoie.

Pour qu'un valet de chambre, fût-il même
La Terrisse, logeât au même étage qu'une fille

d'honneur, il fallait bien toutes les licences de
la guerre, et c'était la première fois de sa vie,
déjà longue, que notre domestique voyait sa
chambrette côte à côte de l'appartement d'une
dame de la plus haute volée. Un simple corridor, ouvrant sa double fenêtre à balcon sur
la rue, séparait, ou plutôt liait entre elles,
par cette communication intérieure, les parties de ce logement, dont la plus minime avait
été concédée à La Terrisse.

Enfin, vaille que vaille, M. de Chauvelin
avait, pour lui et son valet, trouvé de quoi se
loger dans la ville qu'il avait conquise. Et, du
reste, pour être vrai, nous devons dire que
ce souci avait été bien mesquin auprès de celui
que M. le marquis a maintenant dans la tête.
Jamais peut-être la mauvaise fortune ne fondit
plus mal à propos sur un amoureux et ne lui
enleva du même coup argent et crédit, l'argent réel et l'argent possible. Considérez que

c'est demain la fête de madame Guébriant, que tous les beaux seigneurs de la cour mettront à ses pieds hommages et cadeaux afin de les rendre plus agréables en les multipliant les uns par les autres, et que M. de Chauvelin, le plus épris et accidentellement le plus pauvre, n'aura que sa bonne volonté à son service et à celui de sa dame. Cette misérable pensée le désole. Naguère, quand le jeu le favorisait, il avait songé, pour la circonstance solennelle et prévue du lendemain, à faire l'acquisition d'un magnifique éventail dont l'orfèvre de la cour était détenteur. Malheureusement le marquis n'avait pas passé du projet à l'acte : tort immense qu'il lui est impossible de réparer aujourd'hui, car il n'a pas la première pistole des cent que nécessiterait un tel achat; et ce prix n'est pas trop élevé si l'on considère le travail, la nature et la matière de l'objet. C'était un de ces éventails à jour qu'on appela

depuis des *lorgnettes*, par la faute des dames,
qui, au lieu d'en faire un abri pour la pudeur,
les convertirent en observatoire dissimulé.

Les deux branches maîtresses que les éven-
taillistes appellent *panaches*, étaient en ivoire
sculpté et rehaussé d'un filet d'or, courant en
festons. De minces baguettes de nacre d'un
travail exquis formaient chacun des *brins* qui
allaient supporter la *feuille* sur laquelle on
avait peint un sujet mythologique : Saturne y
était représenté le front ridé, l'œil chassieux,
le nez aquilin, s'appuyant sur sa faux de la
main gauche, et de la main droite saisissant
un de ses enfans pour le dévorer. Bref, on
pouvait dire de l'ensemble comme du char du
soleil : la main-d'œuvre en surpassait la matière.

Voilà bien un cadeau digne d'être offert à
madame la duchesse de Guébriant; mais la
question n'est pas là; elle réside tout entière

dans les cent pistoles qui manquent au marquis, alors qu'en perspective il voit le bel usage
qu'on en pourrait faire pour le lendemain.
Or, vous comprenez qu'il n'a pas de temps à
perdre, et de l'argent encore moins, ce qui
le désespère.

Regardez-le seul dans sa chambre qu'il ar-
pente à pas saccadés, allant d'un dressoir délabré qui meuble un des côtés des parois jusqu'à l'autre, où ses armes et son uniforme de
capitaine aux chevau-légers sont suspendus
en trophée, moins pour servir d'ornemens que
pour couvrir la nudité de la muraille. Une
lampe placée sur une lourde table éclaire le
promeneur, qui compromet l'existence de cet
unique luminaire par le vent de son action,
qui s'accroît de l'émotion de sa colère et de la
rapidité de sa marche.

— Par ma foi, murmure-t-il entre ses dents,
je ne m'attendais pas à celle-là... Vit-on ja-

mais étoile plus funeste que la mienne!... Au
diable les valets honnêtes! Il n'en existait peut-
être qu'un sur la terre, et la destinée veut qu'il
me soit échu... Morbleu ! j'aimerais mille fois
mieux que La Terrisse fût effronté, libertin,
fripon, comme tous les autres... A la bonne
heure, ceux-là; et s'ils vous volent, au moins
il ne vous donnent pas de conseils, ne vous
font pas de remontrances : enfin, ils sont valets
en tout, et ils se gardent bien de prendre des
airs de Mentor, des attitudes de gouverneur...
Qu'est-ce que je demande au ciel? ce
n'est pas une faveur, bien au contraire : la
chose la plus vulgaire, la plus commune, ce
que tout le monde a, un fripon de valet... que
je puisse jeter à la porte, tout à mon aise. Certes, ce n'est pas l'envie qui m'a manqué aujourd'hui, c'est le pouvoir. Chasser La Terrisse !
crime impardonnable au tribunal de ma famille... Mieux vaudrait pour moi passer à l'en-

nemi ou battre fausse monnaie, ce qui me serait fort utile, n'en possédant plus de la véritable... Mes amis mêmes jetteraient les hauts cris. Mon père me déshériterait ; car c'est de sa main que je tiens La Terrisse ; que Dieu le lui rende ! Un grondeur, qui ne comprend rien à la vie du jeune homme, qui ne sait que gémir quand je perds, gémir quand je gagne, gémir et sermoner encore quand je suis amoureux. Que le diable l'emporte ! car, mettez à la place un valet comme tous les valets de l'univers, et demain je pourrais faire bonne mine dans les salons de madame Guébriant ! demain j'aurais eu mon éventail, tandis que j'arriverai les mains nettes !

Jamais peut-être, de mémoire de maître, pareille sortie n'avait été faite sur le trop de vertu d'un valet ; aussi, le monologue animé de M. de Chauvelin, pouvait-il passer pour une pièce curieuse. Il fut interrompu brusque-

ment par trois coups frappés à la porte de sa
chambre.

Un *qui va là?* vint naturellement de la bouche du marquis, habitué à ces formules mili-
taires, et emprunta quelque chose de la colère
qui le dominait.

— Moi ! répondit-on du dehors.

Ce pronom très vague, et qu'on manque
rarement d'admettre en pareil cas, tient la
place d'un nom qu'on ne devine pas toujours,
et que pour notre part nous ignorons tout à
fait; mais il faut bien que le marquis ait reconnu le personnage d'où sort cette voix, puisqu'il lui ouvre sa porte.

— Eh ! bon soir, compère Bazil, se hâta de
dire M. de Chauvelin au visiteur attardé, qui se
planta debout, son chapeau à la main, à l'entrée de la chambre.

Le compère Bazil était un orfèvre de la cour,
mais qui, à l'occasion, vendait l'or et l'argent

sans autre façon que celle qu'ils avaient reçue
à l'Hôtel des Monnaies, et il gagnait même
plus, dans ce trafic clandestin, que dans le
commerce apparent dont il couvrait son in-
dustrie d'usurier. Petit vieillard, le large chapeau qu'il tenait à la main aurait, sur sa tête,
absorbé sa mince figure, de la même couleur
roussâtre que son jabot, lequel n'avait pas plus
de plis que celle-là n'avait de rides. Un pourpoint de drap brun lui serrait la taille, et, selon la mode du temps, laissait entrevoir la toile
de la chemise avant d'arriver à des chausses
brimbalantes qui servaient de magasin porta-
tif à Bazil.

Sa posture humble, quand le ton de fami-
liarité du marquis semble l'en dispenser, indique suffisamment que cet homme sait garder
les distances, et que s'il les observe quand elles
lui son désavantageuses, c'est pour avoir le

droit de les faire respecter à son tour si, sur un autre terrain, c'est à lui qu'elles profitent.

— Eh bien! monsieur le marquis, dit le petit vieillard, après avoir soufflé la chandelle de sa lanterne, c'est demain le grand jour. Est-ce que nous ne ferons pas affaire pour cet éventail?

— Vous l'avez donc encore? reprit M. de Chauvelin comme pour faire valoir à son marchand la rareté des acquéreurs d'un tel bijou.

L'orfèvre comprit l'intention de cette remarque, et riposta :

— Je l'ai, parce que je vous l'ai gardé, monsieur le marquis; sans cela, il y a déjà longtemps... Nous sommes presque d'accord avec un seigneur.

— Ne vous gênez pas pour moi, je vous en prie, objecta l'autre; je ne puis vous l'acheter.

— Tant pis! répliqua l'orfèvre, puis se reprenant : tant pis pour vous, ajouta-t-il; car

pour moi, certes je ne n'en suis pas embarrassé.
Il vaut cent pistoles comme un écu.

— Je ne dis pas le contraire, mais...

— Diable ! murmura le marchand en se grat-
tant l'oreille, on m'a trompé. N'aurait-il rien
reçu?... Puis tout haut : Je vois ce que c'est,
continua-t-il, monsieur le marquis a jeté les
yeux sur quelque autre objet ?

— Nullement, riposta celui-ci.

— Alors, je n'y comprends plus rien, dit intérieurement le vieillard.

Ensuite, pour expérimenter tout ce qu'il
fallait croire de ces contradictions, l'orfèvre
fit mine de s'en aller, en disant :

— Dieu vous garde, monsieur le marquis !...
Votre serviteur ; pardon de vous avoir dérangé.

Et il alluma sa lanterne.

M. de Chauvelin le reconduisit vers la porte
pour la lui ouvrir.

—Avouez, compère, lui dit-il chemin faisant, que si vous avez le nez de travers, il est toujours tourné du bon côté, du côté de l'argent.

Ce mot produisit un effet instantané sur l'orfèvre, qui s'arrêta tout court, éteignit sa lanterne pour ne pas en perdre la chandelle durant la conversation qu'il prévoyait; cela fait, il se retourna, et par conséquent, se trouva en face du gentilhomme, qui lui mit la main sur l'épaule en ajoutant :

—Il faut que vous ayez le flair bien subtil, à moins que quelqu'un vous ait mis sur la piste des deux cents pistoles que j'ai reçues aujourd'hui.

—Deux cents pistoles ! s'écria Bazil avec un étonnement hypocrite. Je certifie que c'est ma première nouvelle.

Ce que disant, il s'inclina d'un air bonhomme, et posa sa main droite sur sa poitrine en éparpillant les doigts, comme pour avoir plus de chances de rencontrer le siége vacant de sa conscience.

Cette attestation mimique ne l'empêcha pas de faire cette réflexion intérieure : — « J'étais donc bien renseigné ! »

—Deux cents pistoles, répéta-t-il tout haut, et vous refusez d'acquérir un bijou sans pareil, riche à merveille et dressé à ravir ! Une occasion superbe. Cet éventail, je le donne pour rien ; et uniquement parce que l'argent est rare et que les temps sont durs.

— Et les marchands aussi, ajouta le marquis pendant que l'orfèvre tirait de ses chausses un étui de cuir du Levant, et de cet étui l'éventail à jour qu'il déployait sous toutes ses faces pour irriter les désirs et exciter la convoitise du gentilhomme.

—Admirez comme cette parure est galante, disait Bazil, en faisant la roue avec l'éventail, pour affriander le marquis. Considérez comme

flotte avec grâce ce nœud que les grandes dames appellent le *badin*.

Puis ne savisait-il pas, le lourdaud,
de se donner de l'air et de contrefaire les
mines des femmes de la cour. « Ma chère, s'é-
cria-t-il en prenant une voix flûtée, que pensez-
vous de la dernière fête du cardinal? — Oh !
délicieuse. Je dansai une courante avec
M. Davaux, surintendant des finances. — Et
moi une pavane avec le maréchal de Schom-
berg. — Il y avait peut-être trop de violons ?
— Dites trop d'aigrefins, marquise ! »

Cette singerie grossière, toute grotesque
qu'on la suppose, ne laissait pas de produire
sur le spectateur l'effet désiré ; car le marquis,
aveuglé par son imagination, mettait la blanche et délicate main de madame de Guébriant
à la place de la patte velue de l'orfèvre.
Quand celui-ci s'aperçut que son hôte était
suffisamment *allumé*, il ferma l'éventail.

— Après tout, dit-il négligemment, je ne sais pas pourquoi je m'amuse à ce badinage qui vous ennuie; car des goûts et des couleurs... Tenez, je vois que mon éventail n'a pas votre agrément !

— Mais vous vous trompez, je vous jure.

— Le trouveriez-vous trop cher?

— Je ne dis pas cela.

— Il faut donc qu'il vous déplaise?

— Au contraire.

— C'est alors marché conclu?

— Je ne demanderais pas mieux !

— Et qui vous empêche? Suis-je un homme à me dédire? Cent pistoles, et l'éventail est à vous.

— Cent pistoles, si je les avais ! répondit le marquis.

— Tout à l'heure, objecta Bazil, surpris de ces contradictions, vous affirmiez en avoir reçu deux cents aujourd'hui même.

— C'est la vérité, M. de Voiture me les a adressés avec une spirituelle lettre...

— J'y suis, interrompit l'orfèvre. Cette somme ne vous était pas destinée!

— C'est là ce qui vous trompe : l'argent et la lettre étaient bien pour moi.

— Vous avez donc joué déjà et perdu peut-être?

— Ma foi! je l'aimerais autant, répliqua le marquis, dont la colère semblait renaître à ces interrogations de l'orfèvre. Je n'ai ni joué, ni perdu.

— Vous aurait-on volé?

— Encore moins.

— Par miracle! balbutia Bazil, hésitant, auriez-vous payé quelque créancier? Pardon, je ne vous le demande pas.

— Aussi je ne réponds pas. C'est trop absurde aussi... Avez-vous oublié ces deux vers de Desternod, gentilhomme et poète?

Il n'est pas si bon gentilhomme
Qui ne doive rien aujourd'hui.

— Alors je m'y perds !

Et le vieillard croisa les bras en regardant
le seigneur, qui imita ce geste et à son tour
considéra l'orfèvre. La posture des deux interlocuteurs était la même, et cependant l'œil
écarquillé du bourgeois avait l'air de demander : «Comment diable cela peut-il se faire?»
tandis que la physionomie franchement con-
trariée du marquis semblait répondre : « Ceci
vous paraît incroyable, et rien n'est plus vrai
pourtant. »

Cette scène muette, l'orfèvre la rompit en
disant, avec une déférence où se glissait une
pointe d'humeur:

—Monsieur le marquis pratique le bel esprit,
mais il est trop peu généreux d'oublier que
nous autres, gens du peuple, nous manquons

de ces finesses subtiles. Je n'ai, pour ma part,
jamais su deviner les énigmes ; ainsi...

Là-dessus, le vieillard se disposait à montrer les talons de ses souliers à boucles. M. de
Chauvelin l'arrêta par le bras.

— Mon compère, lui dit-il, vous ne voyez
pas plus clair là dedans que si on vous four-
rait la tête dans un four, dans un sac, ou dans
un puits : je le comprends. A votre place, je
serais tout aussi désorienté que vous ; mais je
tiens à ne pas vous laisser prendre ceci pour
une trop longue facétie. Quoi qu'il m'en coûte,
je veux vous éclairer. Vous appelez ce jeu une
énigme ? Je n'en disconviens pas. En voici le
mot : prenez et lisez.

Le petit vieillard frotta ses yeux du revers
de sa main, comme pour les aviver ; puis il
parcourut d'un seul regard la lettre que lui
présentait le marquis et arriva droit à la si-
gnature,

— Ah! fit-il, M. Vincent de Voiture. Ce doit
être galamment tourné. Voyons :

« Monsieur,

» A ce que j'ai appris, on aurait grand tort,
si on vous reprochait d'avoir gardé le mulet
au siége de Corbie. On m'a dit aussi que, considérant que plusieurs armées se sont autrefois perdues par leur bagage, vous vous êtes
défait de tout le vôtre, et qu'ayant lu dans les
histoires romaines (voilà ce que c'est que de
tant lire) que les plus grands exploits que
leur cavalerie fit autrefois, elle les fit ayant
mis pied à terre et s'étant démontée volontai-
rement dans le fort des combats les plus dou-
teux, vous vous êtes résolu d'éloigner tous
vos chevaux, et que vous avez si bien fait qu'il
ne vous en est pas resté un seul.

» Peut-être que vous en recevez quelque
incommodité ; mais aussi cela est, sans men-

tir, bien honorable, qu'aussi bien que Bias,
vous puissiez dire que vous avez avec vous
tout ce qui est à vous : non pas, à dire le vrai,
une quantité de hardes inutiles, ni un grand
accompagnement de chevaux, ni une extrême
abondance d'or et d'argent monnoyé ; mais
probité, générosité, magnanimité, et une tranquillité inouïe dans la perte des biens faux et
périssables ; qualités, monsieur, qui vous sont
propres, et lesquelles ni le temps ni la fortune ne sauraient séparer de vous... »

Ici le lecteur fit une grimace très significa-
tive, tendant à exprimer qu'il était loin d'être
converti à la religion que prêchait l'écrivain.
Toutefois, il ne put s'abstenir de donner son
assentiment à l'habileté du prédicateur.

— Quel agrément, dit-il, de savoir écrire
comme cela ! Je donnerais bien quelque chose
pour être capable d'en faire autant... mais je
ne suis qu'un ignare, par la faute de mes pa-

rens qui ne songèrent jamais... Enfin, ces
beaux esprits sont comme des tailleurs ; ils
habillent de belles paroles les pensées les plus
biscornues, de la même sorte que ceux-ci dis-
simulent toutes les difformités de l'homme
sous la richesse des costumes. Quel artifice!...
Mais je ne vois pas trop encore où votre illustre correspondant veut en venir.

— Patience! vous le saurez bientôt, répondit Chauvelin en faisant à Bazil signe de
continuer.

Le vieillard reprit :

« Or, Euripide ayant écrit en l'une de ses
tragédies, que l'argent fut un des maux qui
sortit de la boîte de Pandore, et peut-être le
plus pernicieux, j'admire comme une qualité
divine en vous l'incompatibilité que vous avez
avec lui : et il me semble que c'est une excellente marque d'une âme grande et extraordinaire, de ne pouvoir durer avec le corrupteur

de la raison, l'empoisonneur des âmes et l'auteur de tant de désordres, d'injustices et de violences. Mais je voudrais, monsieur, que votre vertu ne fût pas tout à fait à un si haut point; que vous vous pussiez accommoder en quelque sorte avec cet ennemi du genre humain, et que vous fissiez quelque paix avec lui comme nous en faisons avec le grand Turc, pour des considérations politiques et pour la raison de commerce. Considérant donc qu'il est très difficile de se passer de lui, et m'imaginant que, comme je jouai pour vous à Narbonne, vous avez peut-être joué pour moi à Corbie et que c'est en mon nom que vous avez engagé votre argent, je vous envoie deux cents pistoles à-compte sur la perte que vous pouvez avoir faite pour moi.

— Oh! pour le coup, voilà qui est beau, s'écria l'orfèvre en interrompant sa lecture. Voilà une des plus magnifiques choses que

j'aie jamais lues : « Je vous envoie deux cents
pistoles. » Cette ligne vaut son pesant d'or.
Je défie bien M. de l'Etoile, M. de Gombaut et
le poète Saint-Amant de pouvoir s'exprimer
de la sorte : ils n'en auront jamais les moyens.

Le marquis sourit de l'enthousiasme intéressé du marchand ; et ce dernier ne tarissait
pas les formules d'admiration pour ce passage
qu'il relut avant de terminer l'épître :

« Je vous envoie deux cents pistoles à-compte
sur la perte que vous pouvez avoir faite pour
moi ; mais, afin qu'il n'en arrive pas de celles-ci
comme des autres, j'ai pris soin, pour que
vos mains n'en fussent pas souillées, qu'elles
fussent remises en celles de la Terrisse, votre
valet de chambre, pour la consolation et
l'usage duquel je les envoie principalement.

» Vincent de Voiture. »

— Oh ! voilà qui se gâte, observa le vieil-

lard en repliant la lettre, qu'il rendit à son propriétaire. C'est vraiment bien dommage !

— Vous devinez maintenant pourquoi je
n'ai pas les deux cents pistoles en mon pouvoir?

— J'en ai peur, répartit l'orfèvre ; mais La
Terrisse, pour peu que vous le souhaitiez, ne
refusera pas...

— Au contraire ; il l'a déjà fait malgré mes
instances les plus vives.

— Après tout, riposta le vieillard, vous
pouviez l'y contraindre ; il vous a désobéi, et
un valet qui désobéit, on le chasse.

— Impossible, mon compère. La Terrisse
est inféodé à ma maison ; il m'a vu naître : son
expulsion me serait cotée pis qu'un crime d'état.
D'ailleurs, pour tout ce qui n'est pas argent,
je suis forcé de convenir que La Terrisse est le
modèle des valets. Par conséquent, mon ami,

à moins que vous ne consentiez à me livrer l'éventail à crédit...

Bazil, qui n'entendait pas de cette oreille, feignit de ne pas entendre des deux.

— Je voudrais bien voir, interrompit-il, un maroufle qui s'avisât... C'est aussi par trop de bonté... Je vous l'étrillerais d'importance ; car, en fin de compte, un valet n'est qu'un valet.

— Parbleu ! vous avez raison, reprit M. de Chauvelin qui s'exaspérait à mesure, moins à cause des motifs assez plausibles qu'invoquait l'orfèvre, moins de dépit d'être obligé d'avouer sa dépendance, que de la contrariété qu'il ressentait de ne pouvoir, le lendemain, faire une galanterie à madame de Guébriant. J'ai eu tort. On a beau dire un, valet doit être à nos ordres.

— Sans doute, persista le marchand. Est-ce à dire que vous soyez en en tutelle ? En somme, cet argent est bien à vous ; c'est bien à vous qu'on l'envoie. De quel droit un impertinent, un valet, s'avise-t-il de le retenir? Certes, avec moi un pareil faquin n'aurait pas beau jeu, et dussé-je le lui enlever de vive force... C'est à vous, en dernier ressort, qu'il appartient de décider le meilleur usage de votre argent... C'est inouï... C'est le monde renversé... Je connaissais bien des maîtres valets, mais je ne connaissais pas encore de valets maîtres...

— C'est trop criant aussi, interrompit l'autre, et vous m'ouvrez les yeux. J'aurais dû agir de rigueur. Tenez, je me reproche ma faiblesse, ma condescendance pour un vieillard... et je sens que si La Terrisse était là...

— Et où est-il donc? demanda l'orfèvre, qui savait bien pourtant que le valet n'était pas à portée de relever ses paroles; sans quoi il ne se fût pas permis de les laisser tomber.

— Vous savez bien, répondit le marquis, que, faute de pouvoir le caser céans, je lui ai trouvé un réduit à côté de l'appartement de mademoiselle de Fargis.

— Et c'est là aussi que sont les deux cents pistoles ? remarqua Bazil.

— Précisément.

— Tout est perdu ! En ce cas, mon maître, je vois qu'il n'y a rien à faire avec vous aujourd'hui. Je vous présente un respectueux bonsoir... Ce sera pour une autre fois.

Et pour prouver que ces paroles ne renfermaient pas une menace en l'air, voilà notre orfèvre qui allume sa lanterne à la lampe et s'apprête pour sortir.

— Bonsoir, compère ! fit tristement le marquis en l'accompagnant. A propos, dit-il enfin, comme le bourgeois allait franchir le pas de la porte... un mot encore... Je n'ai pas perdu tout espoir... Vous devriez me rendre un service.

— Deux, si je le puis, répondit le bourgeois

retenu par la manche de son pourpoint ; mais je crains bien...

— Vous le pouvez, interrompit M. de Chauvelin, qui sentit bien sur quoi portaient les réticences préventives du bourgeois... Vous le pouvez sans bourse délier.

— A la bonne heure, reprit l'orfèvre ; sans cela j'aurais eu le regret... Mais de quoi s'agit-il ? Trop heureux...

— Promettez-moi, poursuivit le marquis, de garder votre éventail jusqu'à demain... Si, dans la matinée, je ne vous ai porté les cent pistoles, alors vous pourrez en disposer comme il vous plaira.

— Toute la matinée de demain, répéta Bazil... C'est périlleux : un retard peut faire manquer une vente... Mais enfin, si cela vous oblige bien fort... je le ferai... Il faut bien que ce soit vous au moins...

— Merci ! répondit le gentilhomme, sans

être pour cela dupe de l'exagération à l'aide
de laquelle Bazil transformait en insigne dévoûment la concession la plus légère. Merci!
vous me le promettez donc?

— Soit! je m'y engage, jusqu'à midi; mais
après...

— C'est dit.

Et le gentilhomme congédia l'orfèvre, qui
ralluma sa lanterne, car il l'avait éteinte de
nouveau pour la troisième fois. Ce raffinement
de ladrerie n'échappa point au gentilhomme
qui, dans toute autre occasion, se serait permis
d'en rire.

Une fois la porte fermée, M. le marquis de
Chauvelin prit à un clou une petite clé, puis
dans le coin d'une malle fouilla quelque temps
pour y trouver quelque chose qui ressemblait
à une échelle de corde. Muni de cet attirail
qu'il mit sous son bras gauche, le gentilhomme
décrocha son épée, qu'il passa dans une cein-

ture de cuir blanc, chargée déjà de soutenir
un pistolet, le tout caché sous un manteau
court, appelé baladran : précaution bien inutile, car la nuit était fort noire, et M. de Chauvelin sortit en cet équipage, sans même prendre de lanterne. Il marcha quelque temps ainsi
sans malencontre, au milieu des ténèbres, les
mains tendues en avant, et n'ayant pour se
diriger que la ligne obscure et irrégulière que
découpait, dans un ciel peu étoilé, les toits et
les pignons de ces maisons mal alignées aux
bords de ces rues tortueuses.

Un moment il vit venir à lui un laquais
portant une torche devant un gentilhomme.
Le marquis se rangea très prudemment dans
l'encognure d'une porte ; on passa, et il ne fut
pas aperçu. Quelques pas plus loin, il s'arrêta,
tourna sur lui-même comme pour s'orienter.
Enfin, il dit :

— C'est ici,

Et, sans doute, pour s'en assurer par des témoignages plus convaincans que ceux que pouvaient lui fournir ses yeux, assez suspects par cette obscurité, il toucha de la main la muraille, la suivit à tâtons, en s'arrêtant par intervalles.

— Bien, murmurait-il tout bas. Je crois que c'est la fenêtre grillée du rez-de-chaussée.

Tâtant ensuite avec le pied :

— Ceci est l'ouverture de la cave.

Il marcha plus loin.

— Ah ! dit-il, me voilà sûr ; je reconnais la porte.

Et il glissa une main investigatrice sur les maîtres clous qui faisaient un cadre de leurs têtes rondes ; puis posa sa main sur la chimère de fer ouvré qui servait de marteau.

Cette exploration faite, M. de Chauvelin se recula vers le milieu de la rue, et dépliant l'échelle qu'il tenait sous le bras, il saisit une

boule de plomb très lourde qui y était atta-
chée par une corde, et la lança vigoureuse-
ment en l'air, pour l'accrocher à l'un des deux
balcons saillans que le marquis savait bien
être en cet endroit. La boule n'en fit rien, et
retomba lourdement sur le pavé. Ce bruit,
que le silence doublait, effraya le gentilhomme; il tressaillit, et ne douta pas que ce tin-
tamarre ne servît à donner l'éveil à tout le
quartier. Il attendit, prêta l'oreille quelque
temps. Peu à peu il se rassura, et le bruit se
perdit, absorbé dans ce grand silence comme
une pierre dans un gouffre. Voyant que personne ne bougeait, M. de Chauvelin s'enhar-
dit, et recommença l'épreuve de cette pêche
en l'air. Il jeta donc son filet, et, cette fois, il
comprit à la résistance et à certain choc mé-
tallique, que son boulet avait rencontré l'obstacle cherché : pas avec assez de bonheur
pourtant, puisqu'il eut beau palper le mur

dans la direction où il avait lancé son projec-
tile, il ne trouva pas la boule qui aurait dû re-
descendre, après avoir engagé la queue qu'elle
traînait après elle. Il s'imagina que le poids
n'étant pas suffisant, le plomb avait pu rester
en chemin, et pour le vérifier, autant qu'il
était dans ses moyens, il dégaîna son épée et
l'agita en l'air aussi haut qu'il put. Cette habileté porta sa récompense, car au bout de
quelques minutes de cette perquisition, le
marquis sentit quelque chose qui se balançait
et glissait autour de l'acier. Muni de cette
attestation, il tourna son épée, la prit à con-
tre-sens par la pointe, et essaya d'engager la
boule de plomb dans la poignée. A force de
patience et d'adresse il y parvint. Une fois
qu'il sentit le plomb retenu dans l'ovale que
forme la poignée, il fit tourner dans ses doigts
la lame, afin d'entortiller par là la corde autour de la garde, et une fois qu'il comprit que

le plomb aurait de la peine à se dégager, il tira à lui, et sans de grands efforts il atteignit l'aventureux boulet qu'il s'empressa de nouer au grillage d'une fenêtre à hauteur d'appui.

Ensuite, sur la foi de ce nœud qu'il dépendait du premier voleur de défaire, notre homme se confia au hasard et tenta l'escalade. L'ascension fut assez heureuse. Le gentilhomme, parvenu au bout, enjamba l'appui de fer du balcon, et se vit dans un corridor.

Toujours en tâtonnant, il trouva une petite porte devant laquelle il s'arrêta pour reprendre haleine ; et retenant sa respiration, il colla ensuite son oreille sur le trou de la serrure. Un ronflement sonore qu'il perçut lui certifia que l'on dormait profondément dans l'intérieur. Cet indice parut de bon augure au gentilhomme, qui jugea le moment opportun pour mettre à fin ce qu'il avait entamé par de si favorables préliminaires. Il prit donc dans sa poche la clé dont nous l'avons vu se munir, et la saisit à pogne-main par la tige plus que par l'anneau, pour amortir le bruit que son intrusion pourrait produire; puis il l'enfila avec précaution dans le trou, et toutes les fois que cette opération amenait le plus léger bruit, le marquis suspendait sa manœuvre pour écouter si le sommeil du dragon en était dérangé. Il passa dans ces alternatives la longue minute qu'il employa à ouvrir cette porte sans faire trop crier le ressort. Enfin, il comprit qu'elle allait céder. Mais ici les obstacles redoublaient encore : il s'agissait d'obtenir des gonds le même silence que de la serrure. Et d'un autre côté, n'était-il pas à craindre que l'air pénétrant de la nuit, introduit brusquement dans ce cabinet, n'en réveillât par sa fraîcheur le paisible locataire ?

M. de Chauvelin prévit ce nouvel écueil ; mais comment l'éviter ?

— Ma foi, pensa-t-il, dans tous les jeux, même dans les jeux d'adresse comme celui que je joue, il est des chances qu'il faut savoir affronter. Puisque la fortune veut bien tourner pour moi, laissons-nous élever jusqu'à ce que le malheur vienne mettre des bâtons dans la roue.

Cet accident était donc prévu; mais un autre qui ne l'était pas, c'est la chute d'une escabelle contre laquelle trébucha le marquis.

Cette fois il se jugea découvert, et il eût cherché son salut dans la fuite, si la frayeur ne l'eût cloué à la même place; il se colla donc contre la muraille sans avoir pu retenir un juron que cet incident lui arracha. Que devenir? Le ronflement avait cessé, et La Terrisse (vous avez deviné que c'était lui), éveillé sans doute par ce bruit, s'agitait sur son grabat et parlait même tout haut.

—Deux cents pistoles ! disait-il ; elles arri-

vent à point... Non, monsieur le marquis...
jamais... c'est sacré!... Tout ce qu'il vous
plaira, mais non pas les pistoles!

—Il rêve, pensa M. de Chauvelin qui respira alors comme si sa poitrine s'était allégée
d'un poids énorme. Fausse alerte!

Bientôt après, le valet, qui s'était retourné,
reprit sa musique nazale qui égayait si fort
l'oreille attentive du noble voleur. Celui-ci
glissa donc sa main dans un bahut, et se saisit d'un petit sac qui contenait la somme.
Après quoi, marchant à quatre pattes, pour
ne pas s'exposer à nouvelle malencontre, il
atteignit la porte entr'ouverte, la referma
avec la plus grande sollicitude, retira la clé
et courut au balcon.

— Dieu soit loué, je les tiens! disait-il,
tout en cherchant de la main l'échelle accrochée.

Plus d'échelle!

Cette affreuse vérité, que deux perquisitions autour du balustre ne purent détruire, attéra le marquis : l'échelle avait disparu. Perdre le fruit d'une expédition aussi bien combinée ; le perdre alors qu'on le tient : c'était, convenez-en, d'une désespérante fatalité ; c'était, après une périlleuse traversée, venir échouer au port.

« Qui a détaché l'échelle ? » Question terrible dont la solution effraya le marquis. Il se figura aussitôt que quelque chevalier de la *courte-flambe* (du poignard) s'était servi de cette voie, avant de la supprimer, et, en ce cas, il pouvait bien être en présence du coupe-bourse qui attendait dans quelque coin, sans doute, de pouvoir voler le voleur.

Troublé par cette idée, M. de Chauvelin mit flamberge au vent et parcourut, en glissant sur la pointe de ses bottes, toute la longueur du corridor. Personne ! Il eut la curio-

sité d'examiner si on ne se serait pas réfugié
sur l'autre balcon.

O joie inattendue ! l'échelle y était accrochée : le marquis la touchait de la main ; peu
s'en fallut même qu'il ne la baisât tant il était
aise. Mal aguerri aux émotions d'une équipée
nocturne, son trouble lui avait fait prendre le
change ; il s'était trompé de balcon : mais l'allégresse qu'il ressentait de retrouver sa voie
de retraite l'indemnisait bien du chagrin qu'il
avait éprouvé en croyant l'avoir perdue.

En conséquence, il mit son épée au fourreau, le sac dans la poche, et descendit tout
joyeux. A peine mettait-il pied à terre, que,
de la ruelle voisine, il vit courir à lui quelqu'un armé d'une lanterne sourde.

— Qui es-tu ? demanda l'inconnu en s'approchant.

Le marquis déguisa sa voix, et répondit
d'un ton brutal :

— Cela ne vous regarde pas.

— Soit ; mais ceci vous regarde , riposta
'autre, qui en même temps dirigea sur la
figure du marquis la colonne de lumière.

— Insolent ! répliqua le gentilhomme.

Et il frappa du fourreau de son épée sur la
lanterne, qui roula dans le ruisseau et s'é-
teignit.

— C'est trop tard , remarqua l'autre. Marquis de Chauvelin, demain il fera plus clair.

Sans plus long entretien, l'inconnu ramassa
sa lanterne , le marquis dénoua son échelle ;
après quoi ils se séparèrent en tâtonnant, et
chacun tira de son côté.

II

Le lendemain, dès l'aurore, le salon de madame de Guébriant était disposé comme pour une fête. Les murailles étaient tendues d'une tapisserie flamande représentant les batailles de Scipion, exécutées d'après le dessin de Jules Romain. Le reste était à l'avenant. Comme rareté entre toutes, nous citerons, sur la cheminée, un hanap d'agathe entre deux coupes en cristal de roche. Mais, au milieu de tous ces ornemens et de tous ces vases qui embaumaient ce salon, la plus précieuse de toutes ces merveilles, c'était la maîtresse du lieu, madame de Guébriant.

A cette heure, elle est seule encore, et si, en attendant la compagnie avec elle, il vous plaît que nous vous donnions un petit crayon de sa figure, vous n'aurez pas lieu d'en être mécontent. Bien qu'assise, on devine que sa taille est imposante, sans manquer d'élégance pour cela. Rien de plus charmant que la bienséance de sa mise : une robe à longues manches retroussées des deux côtés laissait flotter de riches dentelles sous un jupon orné de fines broderies. Sur sa tête, un escofion brodé à jour dont les pointes dénouées tombaient sur de blanches épaules, avait peine à retenir d'abondans cheveux rattachés sur la nuque, non sans laisser échapper deux petites mèches frisées sur les tempes, et qu'on nommait les *cavaliers*. Au sommet de la tête, et entre un dizain de perles, se balançait un nœud de rubans d'Angleterre, dit le *galand*; deux autres nœuds de couleurs différentes étaient coquettement placés sur le sein et sur le cœur de la dame, et en raison de ces places privilégiées, avaient nom : celui-ci le *mignon*, et l'autre *l'assassin*.

Maintenant, si nous passons de l'ornement à la figure, ce sera plus gracieux encore. Un bel esprit, dont la dame avait été jadis adorée, avait ainsi tracé son portrait : «Elle est blonde comme l'aurore, plus gaie et plus belle que les plus beaux jours du printemps, qui est la jeunesse de l'année. Elle a des yeux dans lesquels il semble que toute la lumière du monde soit renfermée; un teint qui obscurcit toute clarté; une bouche que toutes celles de l'univers ne sauraient trop louer, qui ne s'ouvre et ne se ferme jamais qu'avec esprit et jugement. On ne lui reproche qu'un défaut à cette dame, c'est d'être une assez grande voleuse : elle a volé la blancheur à la neige et à l'ivoire,

le brillant aux perles, et la lumière des as-
tres. »

Sans doute que tout le monde ne voudra
pas se payer de ces fadaises tout à fait dans
le goût de l'époque à laquelle cette histoire
nous reporte; mais, en la dégageant de ces
exagérations, la réalité reste encore assez
belle au profit de madame de Guébriant. Un
front radieux dominant un visage d'un con-
tour parfait; une bouche dont la rougeur est
rendue plus sensible par une mouche assas-
sine qui niche à côté, et un œil langoureux
qui s'endort derrière la soie de ses cils, que
faut-il de plus pour composer un ensemble à
rendre fou le plus sage des gentilshommes?
M. de Chauvelin n'était ni l'un ni l'autre; mais
jusqu'à présent, il a été le plus heureux.

La première personne qui se présenta à madame de Guébriant dans son salon, ce fut
M. de Lastic, son cousin. La visite prématu-

rée du colonel semblait tirer son excuse et sa
cause de quelque raison majeure qui se trahissait dans une préoccupation visible.

— Qu'avez-vous donc, mon beau cousin?
lui demanda la dame qui augura un notable
dérangement chez le colonel, puisque celui-ci
oubliait la cérémonie préliminaire et indispensable du baise-mains.

— Ah! pardon, ma cousine, je suis inex-
cusable, et, pour m'en punir, vous devriez
retirer votre jolie main, dit-il en y appuyant
ses lèvres. Il est vrai que vous êtes plus gé-
néreuse, et vous préférez me plaindre que me
punir.

— Vous plaindre! et de quoi donc? dit en
riant la bonne duchesse... J'y suis... Mademoiselle de Fargis vous aura boudé?...

— Si ce n'était que cela, me verriez-vous
en cette affliction?

— Bon ! elle vous aura dépité par quelque innocente coquetterie?

—Dites par une trahison abominable.

— Serait-il vrai? riposta madame de Guébriant, vivement intriguée par le ton convaincu avec lequel son cousin venait de formuler cette accusation. La jalousie vous exa-
gère le mal, peut-être.

— Hélas ! que n'ai-je cette suprême consolation que vous me donnez ! Par malheur, le
doute n'est plus possible après ce que j'ai vu.

— Ceci devient sérieux, reprit la dame
d'un air grave derrière lequel perçait une légère curiosité qui fut bientôt satisfaite par le
colonel.

— Cette nuit, dit-il, je suis allé, par ordre, faire la ronde de mon régiment, qui
stationnait, vous le savez, hors de la ville à la
gabionnade de la contrescarpe. Je retournais
seul à mon logis, tenant à ma main une lan-

terne sourde qui m'avait servi à faire mon inspection nocturne, et qu'il est d'usage d'employer dans ses revues, afin que la visite soit
imprévue et que cette lumière discrète sur-
prenne les sentinelles en défaut, au lieu de
les avertir. Comme je passais dans la petite
rue des Trois-Jardinets...

— C'est là que loge mademoiselle de Fargis ne put s'empêcher de remarquer madame
de Guébriant.

Le colonel profita de cette interruption pour
pousser un triste soupir et essuyer son visage
humide de sueur. Il reprit :

— Comme je passais dans la rue des Trois-
Jardinets, mon front se heurta à un obstacle
suspendu en l'air, et que bientôt j'eus reconnu
pour une échelle de corde. Je ne sais au juste
quel sentiment fut le plus fort, de la douleur
et de la colère, lorsque je m'aperçus que cette
exécrable échelle aboutissait au balcon dont

la chambre de Gabrielle n'est séparée que par un étroit corridor. Je frémis, je tremblai, ma vue s'obscurcit, mon cœur se serra; la raison me fuyait. Tantôt j'étais insensible à tout ce qui m'arrivait, comme si toute perception m'eût été ravie; mais bientôt la lumière de la jalousie, éclairant le trop cruel abîme où j'étais tombé, des pensées de rage, des désirs de vengeance s'emparaient de moi, et cent fois je me vis sur le point de gravir par cette affreuse voie qui semblait insulter à mon malheur, pour atteindre et tuer l'infidèle dans les bras de son amant. Que vous dirai-je? le courage me manqua, la force plus que le courage, peut-être. Enfin, je demeurai là, muet, anéanti, et c'est à peine si j'eus la présence d'esprit de couvrir ma lanterne pour ne pas effaroucher mon audacieux rival que j'attendais.

— Ciel! s'écria madame de Guébriant,

émue par cette histoire, et surtout par la manière désolée dont le colonel la racontait, j'a-
voue que je n'aurais jamais soupçonné mademoiselle de Fargis... Pauvre cousin!... Et
avez-vous reconnu celui...

— Oui, madame, poursuivit le narrateur
avec effort. Bientôt j'entendis du bruit au dessus de ma tête... Je me reculai pour donner
passage à mon rival. Une fois qu'il eut mis
pied à terre, je courus vers lui, je découvris
ma lanterne qu'il abattit à mes pieds et qui
s'éteignit en se brisant; mais cette précaution
n'eut aucun succès. J'avais déjà reconnu...

— Qui donc? fit la dame dont la curiosité
était au comble.

Le colonel hésita un moment. Sur une nouvelle et plus vive interrogation, il répondit:

— Une personne qui ne vous est ni étrangère... ni indifférente, j'en ai peur. Oui, je

tremble que nous n'ayons été trahis tous les deux.

Bien que d'un mot très répété et très charitable d'un ancien philosophe, il résulte que les infortunes des autres nous touchent en ce que nous sommes hommes comme eux, on peut assurer que le malheur d'autrui ne nous frappe qu'à la manière des pères :

Tout père frappe à côté.

Devenons la victime immédiate de ce malheur que nous déplorions assez froidement avant qu'il nous atteignît de première main, et aussitôt la sincérité de la douleur nous gagne, et un trop franc désespoir succède à une hypocrite condoléance.

Madame de Guébriant ne put échapper à cette loi générale de l'égoïsme. Maintenant qu'elle redoute d'être intéressée directement dans le malheur du colonel, observez comme elle a pâli, comme ses lèvres tremblent, et comme sa curiosité première vient de s'effacer devant les appréhensions de la perplexité qui la domine.

— O mon Dieu ! colonel, dit-elle, vous m'épouvantez. Serait-ce...

Et un regard expressif, où se lisaient toutes ses inquiétudes, acheva la sinistre phrase qui demeurait en suspens, ainsi que la dernière espérance à la quelle cette femme s'accrochait encore.

Le colonel restait interdit en présence de cette émotion, et n'osait répondre.

— Que vous êtes cruel, mon cousin, s'écria madame de Guébriant, de me laisser ainsi dans ces transes mortelles ! Parlez-donc, ajouta-t-elle, en joignant les mains, je veux savoir... Je devine... je sais... c'était...

— Le marquis de Chauvelin ! murmura le colonel poussé à bout.

— Le perfide ! balbutia la dame qui, sans plus de paroles, tomba dans les bras du colonel.

Jamais M. de Lastic, à la tête de son régiment et sous le feu des mousquetades de l'ennemi, ne se vit plus empêché qu'en cette occasion.

Une femme évanouie sur les bras, et n'oser ni la soutenir, ni l'asseoir sur un fauteuil ; ne savoir s'il faut se taire par discrétion ou appeler du secours par nécessité ; trembler à chaque instant d'être surpris en cette posture par les survenans : jugez des angoisses du colonel ! il oublia un moment qu'il était le plus malheureux des hommes, pour convenir qu'il était le plus embarrassé des mortels.

Heureusement que la syncope fut de courte durée ; à défaut de tout autre cordial, madame de Guébriant avait en elle quelque chose qui devait promptement la guérir, l'amour-pro-

pre ; ce sentiment qui, chez les femmes, s'é-
teint le dernier, on peut presque dire qu'il
leur survit.

— Merci ! dit-elle en rouvrant les yeux. Ne
me trahissez pas ; vous verrez ; personne ne
s'apercevra de rien. Bonne contenance, voilà
·l'ennemi !

Par ce mot, la cousine du colonel désignait
quelques visiteurs qui s'empressaient à la
porte de son salon, qu'un laquais ouvrit bientôt en annonçant tout haut par leur nom les
personnages qui étaient introduits.

Ce furent d'abord M. de Chaudebonne et
madame la comtesse de Barlemont ; M. le
marquis de Pisany. Vinrent ensuite madame
du Vigean, M. le marquis de Sourdeac, plénipotentiaire ; monseigneur le duc de Bellegarde,
M. Godeau, depuis évêque de Grasse, alors
simple poète, et une foule d'autres person-

nages des plus qualifiés, dont la liste serait trop longue.

Chacun à qui mieux mieux complimentait la reine de la fête, sans soupçonner que le reste de pâleur qu'elle n'avait pu effacer de sa figure provenait de la scène dont seul, avec le colonel de Lastic, nous avons été témoin.

C'était de toutes parts des louanges raffinées, des galanteries subtiles, de l'esprit quintescencié. Les bijoux les plus rares étaient offerts à l'idole, et les plus pauvres ne l'abordaient que la bouche pleine de complimens et les mains remplies de fleurs, toutes choses qui auraient pu monter à la tête de la déesse si, d'une part, l'habitude ne l'eût blasée en cet endroit, et si, d'un autre côté, elle n'eût eu bien autre chose en l'esprit que ce qu'elle avait sous les yeux.

Au milieu de toutes les offrandes qu'elle accueillit, madame de Guébriant remarqua un

calendrier sur vélin à fermoirs d'or, qui provenait de M. Godeau le poëte. La curiosité de
tous les assistans était vivement excitée par
la bizarrerie de ce présent, et les initiés se disaient à l'oreille que le tout serait expliqué
par un quatrain délicieux que le donateur avait
inséré à la première page.

Mais hélas! madame de Guébriant, malgré
toutes les ruses du poète intéressé, et toutes
les petites intrigues des visiteurs, s'obstinait
à ne pas lire le quatrain tant désiré. Elle se
contentait de regarder la porte et d'attendre.

M. le marquis de Chauvelin parut enfin, et
alors seulement elle prit le calendrier. Tout le
monde interpréta ce geste de la même manière. « La duchesse, pensait-on, attendait un
convive de plus pour ce régal de poésie. »

Quoi qu'il en soit de la pensée intime de
madame de Guébriant, voici quelques indices
qui nous aideront à la deviner.

M. le marquis alla galamment à elle, lui baisa la main selon la coutume, et lui présenta le bel éventail que vous savez; de plus, il accompagna l'offre de son cadeau d'un compliment tourné de main de maître.

Un murmure d'approbation courut dans toute l'assemblée; mais la dame, au lieu de déployer ce magnifique éventail et de laisser s'épanouir ce murmure flatteur, éteignit le triomphe du marquis et son riche présent, en passant brusquement et sans aucune réponse à l'offrande de M. Godeau.

— Messieurs, dit-elle, il faut avouer que pour primer en esprit, il n'est rien de tel que les poètes. C'est aujourd'hui l'anniversaire de ma naissance; or, admirez l'à-propos et la convenance : M. Godeau me donne un calendrier. Je gage, continua-t-elle avec un sourire charmant à l'adresse du poète, que M. le bel-esprit aura caché dans ces feuilles d'or quelques vers que lui seul était capable de faire, plus précieux encore que son présent.

Cela dit, madame de Guébriant ouvrit ce joli livre, et lut sur la première page le quatrain suivant :

> S'il vous plaisait marquer en tête
> Un jour ordonné pour m'aimer ;
> Je l'aurais pour très grande fête
> Mais point ne la voudrais chômer.

Ce fut ici un débordement de louanges dont madame de Guébriant ouvrit la source. On entoura le poète, on le flatta, on se récria : c'était à qui l'applaudirait, le saluerait, lui parlerait. M. de Chauvelin, étourdi par cet événement, rongeait son humiliation et crevait de dépit. Il se voyait en disgrâce, tout le monde le voyait comme lui, car rien n'est plus prompt que des yeux de courtisans à remarquer de quel côté tourne la girouette de la faveur. Le vent qui souffle dans ces parages est inconstant, et ceux qu'il ne relève pas, il les courbe. Les habitués de ce monde s'aperçoivent bien vite de toutes les variations de cette capricieuse atmosphère.

Vainement M. de Chauvelin chercha-t-il à douter de sa mauvaise fortune et à lutter contre elle, tout ce qu'il put faire ne servit qu'à le désenchanter par des preuves irrécusables.

La maîtresse de céans affecta de parler à tous les invités, et s'abstint, à l'égard du marquis, par une exception d'une bien autre nature que celle qu'il avait coutume d'obtenir.

Tous les visages, qui se composaient sur celui de la dame du lieu, furent froids pour M. de Chauvelin : les personnes de sa connaissance qu'il abordait, trouvaient vite un prétexte pour le planter là et courir d'un autre côté où rien ne les appelait.

Bref, toutes les mines étaient si refrognées

à l'approche du pauvre marquis, que celle que lui faisait le colonel de Lastic ne lui parut pas plus déplaisante que les autres. Il essaya donc d'accoster celui-ci par ces mots :

— Colonel, savez-vous sur quelle herbe a marché votre cousine?

— Demandez-le-lui, fit sèchement le colonel.

Et il tourna les talons.

M. de Chauvelin fut penaud, et n'osa s'en plaindre, de peur de laisser entrevoir son dépit. Il passa outre.

Une comtesse qui se piquait d'être en guerre avec le marquis lui fit malicieusement remarquer que jamais madame de Guébriant ne s'était montrée de plus belle humeur; que M. le marquis de Pisany, qu'elle entretenait avec une préférence marquée, paraissait avoir des chances pour régner sur ce cœur devenu vacant, et qu'il ne fallait pas se fâcher si un astre si brillant ne consentait point à concentrer ses rayons sur le même individu.

Cette observation, malheureusement trop bien fondée, attrista de plus belle M. de Chauvelin.

La matinée avait été agréable pour tous les assistans, le marquis toujours excepté. Un épisode couronna la joie de ceux-ci et augmenta le désastre de celui-là. Un valet de chambre de M. de Pisany apporta dans le salon un coffre incrusté d'ivoire, lequel recélait une offrande envoyée par M. de Voiture. Ce dernier n'avait pas trouvé dans son absence une dispense légitime qui l'exemptât de payer son tribut à madame de Guébriant, qu'il tenait en grande estime et considération.

C'était son ami, M. le marquis de Pisany, qu'il avait chargé de lui servir d'intermédiaire, et ce dernier, de son chef, avait organisé ce petit coup de théâtre.

— Un envoi de M. de Voiture !

Ce mot fut répété avec admiration par toutes les bouches, et à la manière dont il était prononcé, on pouvait deviner que chacun s'attendait au bouquet de cette fête.

Tous les yeux étaient fixés sur le coffre. Madame de Guébriant l'ouvrit et en tira un billet attaché à douze nœuds de ruban. C'était plus qu'on ne s'était promis. Un billet de Voiture, quelle aubaine ! Nul, parmi ceux qui l'allaient applaudir, n'ignorait que le grand Balzac seul partageait avec lui la royauté du genre épistolaire.

La curiosité générale, aiguisée par une courte attente, fut bientôt pleinement dédommagée. Le billet que lut la duchesse était ainsi conçu :

« A madame de Guébriant, en lui envoyant douze galands de rubans d'Angleterre, pour une discrétion qu'il avait perdue contre elle. »

— M. de Voiture a autant de mémoire que
d'esprit, observa la dame en lisant ce titre,
qui indiquait aussi le sujet de l'épître.

Elle poursuivit la lecture :

« Puisque la discrétion, madame, est une
des principales parties d'un galand, je crois
qu'en vous en envoyant douze, je vous paie
bien libéralement ce que je vous dois. Ne craignez pas d'en prendre un si grand nombre,
vous qui jusqu'ici n'en avez voulu recevoir
aucun : car je vous assure que vous pouvez
vous fier à ceux-ci, et qu'ils sauront se taire
des faveurs que vous leur ferez. Quelque gloire
qu'il y ait à recevoir des vôtres, ce n'est pas
peu de chose d'en avoir tant trouvé de cette
humeur en un temps où ils sont tous si pleins
de vanité. Aussi a-t-il fallu les aller quérir bien
loin et les faire venir de delà la mer. Vous
savez bien, madame, que ce ne sont pas les
premiers de ce pays-là qui ont été bien reçus

en France ; mais voici, sans doute, les plus
heureux de tous ceux qui en sont venus. Et si
vous les recevez, ils ne doivent pas envier ceux
qui ont servi les princesses et les reines ; car,
madame, il n'y a rien sur la terre au dessus
de vous, et quiconque aurait part en votre
esprit pourrait se vanter d'être en la plus haute
place du monde.

» Je parle beaucoup pour un homme qui
paie une discrétion ; mais considérez, s'il vous
plaît, que ce n'est pas trop d'un poulet pour
douze galands, et soyez assurée que si je
n'eusse eu à parler que pour moi, je me fusse
contenté de dire que je suis, madame, avec
toute sorte de respect,

  » Votre bien humble à vous faire service,

         » V. VOITURE. »

Ce billet, d'un tour si précieux et si ma-
niéré, obtint le triomphe du sonnet de Trissp.

tin chez les *Femmes savantes.* Tout le temps
que dura la lecture, on eut grand peine à se
contenir. C'étaient des manifestations compri-
mées et silencieuses. Un frémissement de
plaisir courait tout ce beau monde qui consentait de la tête et approuvait par toutes sortes
de mines. Mais à la fin, un concert d'éloges
éclata de toutes parts : on admirait, on s'exta-
siait, on se pâmait d'aise.

Seul, M. de Chauvelin demeurait en dehors
de cet enthousiasme; il maugréait entre ses
dents contre l'objet de ces exclamations. Il
réfléchissait tristement que son ami Voiture
aurait bien pu lui donner charge de porter son
billet, au lieu de s'en remettre au marquis de
Pisany. A ce manque de procédé, dont il incri-
minait la mémoire de son ami absent, se joi-
gnait encore un manque de confiance, ingé-
-nieusement, mais vainement dissimulé dans
l'envoi des pistoles. Ce grief était impardon-

nable aux yeux de Chauvelin mécontent, qui se souvenait de l'équipée nocturne qui s'en était suivie, et surtout des fruits amers qu'il venait d'en recueillir. Je ne sais comment cela se fit, ni lui non plus ; mais enfin, notre amoureux évincé en arriva au point de voir M. de Voiture en tête de tous ses désastres, et il l'accusa d'avoir soufflé sur son étoile, la plus lumineuse jusque là des satellites qui tournaient autour de madame de Guébriant, proclamée un soleil par tous les poètes de cour. Les reproches que le marquis adressait intérieurement à la personne de son ami rejaillirent bientôt sur l'écrivain, et il engloba l'un et l'autre dans une même réprobation.

Il en était là de ce travail intérieur, lorsque la même comtesse que nous avons vue tout à l'heure l'interpeller revint à la charge pour lui demander compte de sa froideur, que tout

le monde avait remarquée, en ce qu'elle for-
mait disparate avec l'exaltation générale.

— Est-ce que vous ne goûteriez pas l'esprit
de M. de Voiture? demanda-t-elle.

C'était bien mal prendre son temps, on en
conviendra, pour avoir l'opinion de M. de
Chauvelin. Cette question inopinée avait le
tort de rentrer dans les idées noires où se dé-
battait la tête perdue du marquis. En conséquence, il réfléchit tout haut, et ce qu'il eût
continué de penser sans cette fâcheuse provocation, il le parla :

— M. de Voiture est un rustaut, répondit-
il ; il donne l'estrapade à son esprit pour des
bagatelles, et ferait plus sagement d'appren-
dre à vivre.

On entend d'ici la clameur de haro qui
étouffa ce blasphème.

— Quelle indignité ! disaient les uns,

— Quelle injustice ! répliquaient les autres,

— Impuissance de l'envie! chuchottait une dame à sa voisine, bel esprit qui ajoutait de façon à être entendue de la cantonnade :

— La Gloire ressemble à Hercule, à peine est-elle née qu'elle étouffe des serpens.

— Vous voyez comme il persévère dans ses perfidies, murmura madame de Guébriant à l'oreille de son cousin; traître amant, lâche ami : cela va de pair.

Quant à notre marquis, l'imprudent auteur de cette levée de boucliers, vous entendez bien qu'il ne s'avisa pas de tenir tête à tant d'ennemis qu'il venait de s'attirer si étourdi-ment sur les bras.

Il n'eut pas plus tôt entrevu sa nouvelle posi-ion qu'il songea bien vite à la quitter, ce qu'il en s'esquivant sans accepter le combat.

III

Le vieux La Terrisse, qui ne se doutait pas le moins du monde de la soustraction de la nuit, s'occupait à l'ordinaire de faire la toilette quotidienne de la chambre de son maître. Celui-ci arriva sur ces entrefaites, la mine basse et l'air profondément affligé. En entrant, il jeta un regard de courroux sur son valet de chambre qui crut y lire l'expression encore vivante du mécontentement qu'il avait excité la veille par sa résistance au désir du marquis.

Combien il se fourvoyait, le bonhomme! Dans ce regard outré, nous entrevoyons plutôt le féroce désir de rencontrer un adversaire contre qui s'escrimer. Pauvre La Terrisse ! on se flatte, au contraire, qu'ayant découvert l'enlèvement des pistoles et en soupçonnant l'auteur, tu vas offrir la bataille à ton maître qui, pour en avoir refusé une autre tout à l'heure, n'en éprouve que plus impérieusement la nécessité de trouver un ennemi sur lequel se revancher de sa défaite récente.

Par conséquent, les deux hommes que cette rencontre met en présence attendent chacun, et pour des motifs différens, des hostilités que nul n'ose entamer. Ce silence durait depuis quelques minutes, et le marquis, s'apercevant que La Terrisse demeurait coi et continuait tranquillement son ouvrage, se tourna vers lui et lui dit aigrement :

— Avez-vous bientôt fini ?

— Quand il plaira à monsieur le marquis, répondit doucement le vieillard,

— Il me plaît tout de suite, riposta M. de Chauvelin. Laissez-moi seul !

— Je m'en doutais, pensa le valet ; il me garde encore rancune.

Et il s'apprêta à marcher vers la porte : au moment de l'ouvrir, il s'arrêta :

— Quand faudra-t-il servir le dîner de monsieur le marquis?

— Jamais ! répondit impétueusement M. de Chauvelin. Allez-vous-en !

Le vieux La Terrisse n'était pas accoutumé à ces façons, et surtout à voir tant de suite dans les colères, aussi promptes à mourir qu'à naître, de M. le marquis. Il imagina que ce coup de la veille avait porté trop profond, puisque la blessure n'était pas fermée encore ; et ne pouvant tenir dans une opiniâtreté qui coûtait si cher à son cœur, il courut s'incliner devant son maître.

— Je me soumets, dit-il ; j'ai eu tort en-

vers monsieur le marquis, je le confesse, je
le reconnais; qu'il me pardonne, je le demande en grâce; qu'il prenne ce maudit argent, tout ce qu'il voudra, tout, pouvu qu'il
me rende sa faveur.

Cette soumission inopportune produisit l'effet contraire à celui qu'on devait raisonna-
blement en attendre. Ce nouveau mécompte
acheva d'exaspérer le marquis. Il s'était flatté
de trouver une lutte, on lui offre un triomphe;
il comptait sur des reproches à vigoureuse-
ment rétorquer, et il rencontre une désespérante mansuétude. Pas d'issue possible à son
indignation; c'était à en étouffer.

— Vous voulez donc me pousser à bout!
s'écria-t-il avec rage. Voyez!... je ne suis pas
maître de moi... Sortez de devant mes yeux...
Obéissez!

Et pour donner plus d'autorité à ces terribles paroles, il se leva désignant la porte d'un geste impérieux.

Cette fois, La Terrisse sentit qu'il n'y avait pas de réconciliation à obtenir ni de miséricorde à attendre. Il se retira aussi consterné que surpris de n'avoir pu trouver quartier devant l'implacable ressentiment de son maître.

Aussitôt qu'il se vit seul, M. de Chauvelin plongea sa tête désolée dans ses deux mains, et considéra autour de lui tous les malheurs qui, dans sa triste chute, venaient de s'accumuler sur sa tête.

Ce qu'il voyait de plus clair et de plus cruel dans ses infortunes, c'était la perte de madame de Guébriant qu'il taxait à part lui d'insensibilité, d'inconstance, de trahison. Plaintes, imprécations, douleur et colère, il passa par tous les degrés du regret et de la fureur : il chanta toutes les gammes à l'usage des amans congédiés, qui se livrent à leurs lamentations ; il

songea même un instant à se passer l'épée à
travers le corps, ce qui n'eût pas laissé de devenir très sérieux.

Au milieu de ces frénétiques transports, il
entend gratter à sa porte. Sur son invitation,
elle s'ouvre, et il voit apparaître qui? M. le
colonel de Lastic en personne.

Les deux champions se saluent avec cérémonie, et le survenant marche droit à M. de
Chauvelin.

Quand ils sont face à face, le colonel tire de
dessous son mantelet une petite boîte qu'il
pose sur la table de M. le marquis, en disant,
sans autre préliminaire : -

— Monsieur, je suis chargé par madame de
Guébriant, ma cousine, de vous remettre cet
objet que, par mégarde sans doute, vous avez
oublié chez elle ce matin.

Cette outrecuidante façon d'entrer en matière déplut extrêmement à M. de Chauvelin.

Lui dire qu'il avait *par mégarde oublié* l'éventail alors qu'il avait mis la plus grande solennité à l'offrir, n'était-ce pas insinuer sous une
transparente politesse qu'on n'avait fait à son
cadeau que juste assez d'attention pour le refuser ? C'était raviver une douleur récente, et
renouveler, en la rappelant, l'humiliation
qu'il avait subie à l'accueil et au congé chez
madame de Guébriant. Il s'imagina bien que
l'expression de ce mépris provenait de la
veuve, mais il soupçonna le colonel d'assai-
sonner la dépêche de quelques épices de son
crû. Et, dans tous les cas, il se jugea insulté par
celui qui se rendait solidaire d'une si brutale
démarche.

Le marquis allait s'emporter avec colère ;
il se contint cependant, mais il ne put s'empêcher de laisser paraître, par une rougeur
subite et un léger frémissement, combien il
était sensible à ce nouvel affront. Il saisit

l'éventail, le jeta au feu en présence du colonel
qu'il remercia dérisoirement. Puis, le regardant brûler avec indifférence :

—Vous voyez qu'il m'était fort utile, dit-il,
et vous m'obligerez de présenter mes actions
de grâce à madame votre cousine.

M. de Lastic fit un signe de tête, et les deux
interlocuteurs se regardèrent un moment sans
parler.

—Monsieur le colonel, dit enfin le marquis
avec une courtoisie exagérée, une pareille
commission ne peut être gratuite, y avez-vous
songé?

— Qui vous permet d'en douter?

—Pour ma part, monsieur, j'estime qu'elle
ne serait pas trop récompensée par un sourire de celle qui vous envoie et par un coup
d'épée de celui qui vous reçoit.

— On n'est pas plus prévenant, répliqua le
colonel d'un ton mesuré, vous épargnez aux

gens la peine de demander ce qu'ils souhaitent.

— En vérité ! s'écria le marquis en se levant, l'œil animé et la joie au front, car il venait de rencontrer à qui parler, votre procédé me touche ; je ne l'oublierai jamais... Impossible d'arriver plus à propos... C'est bien aimable à vous, je vous le jure...

Il fut sur le point de saisir la main de son adversaire pour témoigner de son contentement, que l'autre prit pour une bravade de mauvais goût.

—Monsieur, dit-il froidement, j'accepte ce que je venais vous proposer.

—Comme cela se rencontre bien ! ne put s'abstenir d'observer le marquis.

—Votre surprise m'offense, fit le colonel avec dignité, vous deviez attendre ma visite.

—Je ne l'osais pas même espérer. Le bonheur vient sans dire gare... Est-ce que j'avais d'autres droits à la partie que nous allons jouer?

— Trève de plaisanteries, objecta le colonel.

— Je vous certifie que rien n'est plus sérieux.

— En ce cas, répartit le colonel, je dois vous instruire que l'éventail n'est que le prétexte. La raison, la voici : Vous savez quel intérêt m'avait inspiré mademoiselle de Fargis?

— Oui, monsieur. Après?

— Vous perdez votre temps et vos paroles à vous ébahir. Je croyais n'avoir pas besoin de m'expliquer davantage.

—Pour vous, c'est possible, mais pour moi? objecta le marquis, ayant peine à comprendre.

— Renoncez à une ruse, très louable sans doute, mais malheureusement inutile. L'homme qui, dans la nuit, vous a vu descendre par une échelle de corde d'une maison de la rue des Trois-Jardinets ; celui qui vous a jeté à la figure les rayons de sa lanterne...

— Que j'ai cassée, interrompit le marquis.

— Précisément. Eh bien! cet homme.... c'est moi.

— C'est différent alors, balbutia de Chauvelin qui venait de tout deviner.

—Que ne comprenez-vous à demi-mot ?

— Pouvais-je vous croire si bien instruit ?

— Et moi penser que vous seriez si revêche à aborder le fait ?

—Je vois, remarqua de Chauvelin, qu'heureusement là chose est plus grave que je n'avais prévu.

—Telle, riposta le colonel avec un air sinistre pour protester contre l'inconcevable adverbe *heureusement*, employé par son antagoniste, telle qu'elle rend un duel à mort...

—Indispensable, se hâta d'interrompre le

jeune homme, qui fournit à son interlocuteur le mot qu'il paraissait chercher.

On l'en remercia par un signe de tête. Il ajouta aussitôt :

— Le plus tôt serait le mieux !

— Sur le champ, si vous voulez, fit le colonel.

Le marquis hésita ; ensuite, comme cédant à une réflexion soudaine :

— Sur le champ, c'est trop tôt, répondit-il ; j'ai besoin d'un quart d'heure.

— Je m'en accommode, fit le colonel ; après quoi nous nous rendrons hors la ville, à la tranchée qui est du côté de la porte d'Amiens.

— Bon ! je la vois d'ici.

— Vos témoins ?

— J'en trouverai sur les lieux.

— Moi aussi. Pour les armes, je n'ai pas de préférence.

— Tant pis, je comptais vous laisser choisir.

—Dans un quart d'heure.

— C'est entendu.

Sur cela, le colonel de Lastic prit congé du
marquis de Chauvelin.

IV

La jolie duchesse de Guébriant avait fait
bonne contenance tant qu'elle s'était vue en
face de l'*ennemi*, comme, par erreur, elle appelait le plus tendre de ses amis; mais quand
M. de Chauvelin se fut retiré, l'orgueil ne la
soutenant plus, sa joie affectée et de parade
disparut, et elle se laissa envahir par le chagrin qu'elle avait jusque-là refoulé au fond de
son cœur.

Heureusement que sa fête matinale finit
presque aussitôt après la retraite du marquis,
et la duchesse put encore, à l'aide d'un reste
d'énergie qui lui échappait, dissimuler assez

son émoi pour qu'il ne fût pas remarqué de l'assistance.

Mais sitôt que son salon fut désert, lorsque, d'après son ordre formel, elle put jouir d'une solitude complète, alors la duchesse redevint femme et amante. Alors cette indifférence orgueilleuse dont elle s'était cuirassée tomba et le sourire menteur fit place à des larmes sincères. Pauvre femme ! Elle se voyait dépouillée d'un amour qui faisait sa richesse, son bonheur, son espoir. On avait payé de la trahison la plus noire, pensait-elle, un cœur qui s'était si généreusement donné, et qu'on n'offensait si indignement que parce qu'on était bien sûr qu'on ne pouvait plus le reprendre.

Quelle confiance d'une part et quelle atroce perfidie de l'autre ! réfléchissait la duchesse. Et cette seule pensée appelait des sanglots. Puis elle évoquait des souvenirs récens, des protestations d'amour, des sermens de la veille, pour les opposer avec indignation à la conduite du marquis. Et, considérez la faiblesse de la femme, nonobstant tous ces griefs, les aigres récriminations de la jalousie s'éteignaient quelquefois, pour laisser entendre les douces plaintes de l'amour.

C'est dans ces minutes d'attendrissement où le cœur de la duchesse se fondait sous la bienfaisante rosée de ses larmes, qu'elle inclinait au pardon et demandait pourquoi le coupable, au lieu de douter de l'affection qu'il avait trahie, n'était pas venu plutôt demander grâce et se repentir, au lieu de braver sa victime par l'étalage d'un radieux bonheur. Car c'est ainsi que, dans son ignorance, la pauvre femme interprétait l'entrée triomphante du marquis dans son salon, et alors des mouvemens de dépit, des inspirations de colère la réveillaient de son indulgence. Mais d'un autre côté elle ne songeait pas à la retraite hu-

miliante de son amant sans se repentir d'en
avoir été la cause, et sans s'appitoyer sur le
sort de celui dont elle s'était si ouvertement
vengée. La vengeance est une ignoble passion
qui a besoin de toute l'ardeur aveugle qu'elle
exige de l'homme qui l'exécute pour dissimuler
ce qu'elle a de féroce et de bas : assouvie, elle
apparaît sous son véritable jour et n'amène
que le dégoût. Avant, vous pouviez et on pouvait vous plaindre ; c'est beaucoup si l'on vous
excuse après. Bien plus, elle vous met au ni-
veau de celui que tout le monde regardait auparavant comme coupable envers vous ; votre
vengeance l'absout ou vous noircit comme lui :
les représailles justifient en quelque sorte
l'injure première.

Pour toutes ces raisons qu'elle sentait d'instinct sans les déduire, madame de Guébriant
regrettait d'avoir agi de rigueur envers le

marquis et surtout de lui avoir renvoyé son présent.

A ce propos, nous invoquons en faveur de la duchesse, non pas une circonstance atténuante, mais un mandataire atténuant. Ce n'est pas son cousin, c'est un valet qu'elle avait choisi pour cet office de restitution. Elle eût trop craint d'envenimer les choses en employant le colonel; mais celui-ci connaissant le message et le messager, avait obtenu du domestique de faire cette démarche à sa place, se portant garant envers lui des suites que pourrait avoir cette substitution.

Ces désolantes méditations de madame de Guébriant furent troublées par une de ses femmes, qui, malgré la rigueur de la consigne, pénétra jusqu'à sa maîtresse. La camériste, se confondant en excuses pour la liberté grande, soutenait avoir été déterminée à cette désobéissance par le dire d'un valet qui affirmait apporter à Madame la duchesse une communication d'importance, qui ne souffrait point de retard.

La duchesse essuya ses yeux à l'improviste, fronça le sourcil, puis tournant à demi la tête :

— Quel est cet homme, demanda-t-elle ?

— Le valet de M. le marquis de Chauvelin.

A ce nom, la duchesse se leva, et non sans quelque émotion :

— Dites-lui qu'il entre, répondit-elle.

Quelques minutes plus tard, se présenta La Terrise.

Jamais la figure longue et maigre de ce vieillard grand et sec n'avait porté l'empreinte d'une plus franche désolation. Son visage, qui ne manquait pas d'une sorte de candeur sénile, semblait plus fatigué que ce corps leste et dispos qui le supportait vaillamment. L'exercice avait conservé la vigueur et l'élasticité à ces bras et à ces jambes qui semblaient plus jeunes que cette figure, surtout en ce moment, qu'outre les rides, les larmes sillonnaient les joues de ce bon vieillard. La Terrise, revêtu de sa casaque grise, ouverte sur un pourpoint noir, avec sa culotte de velours et ses bas de soie, offrait un ensemble respectable et honnête qui encourageait à suivre le précepte de Platon, qui nous recommande d'en agir avec nos domestiques comme avec des amis malheureux.

Bien malheureux, à coup sûr, était celui-ci, encore sous l'impression du dur traitement qu'il avait reçu de son jeune maître.

La duchesse encouragea La Terrisse à s'avancer, ce qu'il fit à pas lents, et sans lever ses yeux mouillés de la rosace du tapis.

— Qu'y a-t-il, mon ami? lui demanda avec autant de bienveillance que de curiosité madame de Guébriant.

— Oh! madame la duchesse, fit-il avec un

gros soupir, beaucoup de choses bien tristes pour moi... Mais madame n'a pas à s'occuper des malheurs d'un pauvre diable... Pardon de l'importuner par ma plainte... mais je n'ai pu la retenir...

—Des malheurs, dites-vous, La Terrisse! Une perte, un accident?... Pauvre homme!

—S'il ne s'agissait que de moi ou des miens! fit le vieillard avec un triste sourire... Mon bon maître...

—Eh bien? demanda vivement la duchesse qui redoublait d'attention.

—Mon excellent maître va se faire tuer!

— Serait-il possible! s'écria-t-elle. Avec qui? Où? Comment?

— Il y mourra, j'en suis sûr, poursuivit La Terrisse, sans cela il m'aurait permis de l'accompagner : « Je te défends de me suivre! » m'a-t-il dit, et pourtant je pleurais comme à cette heure.

— Il va se battre, reprit en éclatant la duchesse : mais contre qui ? parlez donc ?

En disant cela elle agitait le vieillard, que les sanglots empêchaient de se faire entendre.

— Avec M. le colonel de Lastic.

— Mon cousin ! Ah ! c'est affreux. Et où ? De quel côté ? Sont-ils déjà partis ?

Toutes ces questions se pressaient dans sa bouche frémissante. Le vieillard fit un triste signe de tête.

— Et vous êtes venu pour me prévenir de ce malheur ?

— Je suis venu, répondit le valet, pour remettre entre les mains de madame ce portrait que mon maître embrassait avant de ceindre son épée.

— Pauvre jeune homme ! s'écria madame de Guébriant qui tomba à genoux en fondant en larmes. Et savez-vous la cause de ce duel ?

— Non, madame. J'ai vu entrer le colonel..., puis j'ai entendu, quand ils se sont séparés, ces deux mots : « Dans un quart d'heure. » A présent, l'un des deux doit expirer, ajouta-t-il d'une voix désolée.

— Voyons, *mon ami*, poursuivit la duchesse, avait-il l'air irrité ? avez-vous entendu des cris ? le colonel ne reprochait-il pas à votre maître d'être monté cette nuit, par une échelle de corde, dans la chambre de mademoiselle de Fargis ?

— Comment ! quelqu'un aurait-il supposé ?... Mais madame ignore que je loge moi-même dans la maison.

—Et qu'importe... Si le marquis voulait se cacher de vous, s'il craignait de vous mettre dans la confidence...

—Madame ! c'est une calomnie, je vous jure ; mon maître est incapable...

— Hélas ! ce n'est que trop réel, ajouta la duchesse.

—J'affirme que c'est de pure invention, protesta le domestique.

—Mais on l'a surpris ; on l'a vu !

— Pardon, madame la duchesse, c'est impossible... on se sera trompé... jamais on ne me le fera croire... Bien plus, je suis certain du contraire.

— Voyons ! voyons ! dit la duchesse avec anxiété, sur quoi vous fondez-vous ?

— Sur le violent amour que mon maître portait à madame la duchesse ! sur cet amour qui, hier encore, m'attira la colère de M. le marquis... Voici le fait... La nécessité m'oblige à le divulguer... Mon maître avait perdu tout son argent au jeu... Hier, un de ses amis de Paris, M. de Voituré, instruit de sa détresse, lui envoya deux cents pistoles que, par prudence, il me fit remettre pour les administrer. Croiriez-vous que M. le marquis voulait immédiatement employer la moitié de cette somme à acquérir un bijou qu'il se proposait d'offrir à madame la duchesse pour sa fête aujourd'hui ; un éventail, je crois.

— Ingrate ! Et moi qui l'ai refusé, interrompit la dame.

— Vous l'avez donc reçu ? s'écria le valet, emporté par cette révélation hors des lois d'une sévère politesse auxquelles il s'était asservi jusque-là...

Ensuite, s'exaltant à mesure, et se parlant à lui-même : « J'entrevois la vérité... Cet éventail... Il se pourrait... Une escalade, la nuit... les pistoles... Cela s'explique... Mais alors il n'est pas coupable... c'est moi qui suis cause... Une méprise... Atroce duel !... S'égorger sans s'entendre ! c'est affreux à penser... Qui sait ? je me trompe peut-être... Il faut m'assurer... J'y vais ! j'y cours ! »

Et La Terrise, après ces exclamations, sans vouloir rien écouter ni rien expliquer, prit la fuite avec une célérité qu'il ne paraissait pas en droit d'attendre de ses vieilles jambes, laissant ainsi la duchesse tourmentée par des malheurs qu'il ne lui avait que trop appris, et par une énigme qu'il lui donnait à deviner.

V

A peine le colonel fut-il parti, que le marquis se mit en devoir d'utiliser le quart d'heure qu'il avait obtenu ; il en profita pour chercher dans une boîte d'ébène le médaillon renfermant le joli portrait de la duchesse, que nous l'avons vu envoyer à l'original par l'entremise de La Terrise. Ensuite M. de Chauvelin, après avoir sévèrement congédié son valet, écrivit quelques lignes à la hâte : après quoi, il sortit en prenant la direction de l'endroit fixé pour la mortelle rencontre qui allait avoir lieu.

De son côté, le colonel, se voyant un quart

d'heure devant soi, voulut ne pas le perdre, car on connaît d'autant plus le prix du temps qu'on en a moins à dépenser.

Conseillé par le démon de la jalousie, il se figura qu'une émotion fort en harmonie avec l'état de son esprit résulterait d'une entrevue avec la dame dont l'inconstance l'envoyait au trépas. Ce douloureux plaisir, qu'il caressait avec ardeur avant de le goûter, le conduisit vers la maison des Trois-Jardinets.

Chemin faisant, il réfléchit avec amertume au maintien qu'il lui convenait d'adopter en cette solennelle visite. Or, il hésitait entre deux partis extrèmes, selon qu'il cédait aux sollicitations de son amour ou aux intérêts de sa vengeance.

Tantôt il s'apprêtait à aborder d'un air hautain et sévère cette femme qu'il voulait humilier sous ses reproches, écraser sous sa juste indignation. —Nous verrons pensait-il, si elle aura l'effronterie de nier ou l'audace de pallier son crime. Je serai là, debout, impitoyable, la voyant se traîner à mes pieds, demander grâce, et je jouirai de sa confusion.

Puis, attendri sans doute par le déchirant spectacle qu'il s'offrait en idée, il descendait de sa rigueur à des sentimens plus tendres. A quoi bon récriminer? réfléchissait-il; le forfait ne restera-t-il pas le même? Et, d'ailleurs, ce serait assurer des regrets éternels à la perfide, et la forcer de m'aimer au moins après ma mort, si j'usais envers elle de magnanimité jusqu'au bout. Mieux vaut se renfermer dans une générosité silencieuse et digne, lui laisser ignorer que je suis instruit de sa faute, et la saluer le sourire aux lèvres, comme les gladiateurs du cirque saluaient l'empereur devant lequel et pour lequel ils expiraient dans l'arène. Par là, soit qu'elle attribue mon dévoûment à une confiance aveugle ou à une

clémence sublime, de cruels remords la pour-
suivront après moi.

Et, en attendant cette justice posthume,
M. de Lastic s'appitoyait sincèrement lui-même
sur cette abnégation surhumaine qu'il prémé-
ditait.

Toutefois, le colonel flottait encore indécis
entre ces deux systèmes contraires, lorsque le
terme de sa course vint le mettre en demeure
de se prononcer. Le colonel, la tête basse et
la main droite sur le cœur, monta lentement
l'escalier qui aboutissait à l'appartement de
mademoiselle Gabrielle de Fargis, s'en remet-
tant à l'impression des circonstances pour improviser une détermination.

Arrivé en face de la porte, il eut besoin de
s'arrêter et de se recueillir un peu. Il lui parut qu'avec elle allait s'ouvrir la porte de sa
destinée éternelle. Son immobilité lui permit
d'entendre les pulsations précipitées de son

cœur, et il porta sa main à sa tête comme pour
contenir les pensées tumultueuses qui l'échauf-
faient, et tempérer un bourdonnement qui
fermentait sous ses tempes avec un bruit semblable à celui de l'eau en ébullition.

Comme cet appareil et ce sursis n'ame-
naient aucun calme, le colonel prit le parti,
afin d'économiser ses dernières minutes, de ne
plus différer. Il gratta donc à la porte et même
assez fort, car, dans son trouble, il était incapable de mesurer l'expression de sa politesse.

Il écouta ; personne ne vint lui ouvrir.

Il attendit, en prêtant l'oreille de plus belle ;
rien ne bougeait à l'intérieur.

Il recommença son avertissement sans plus
de succès.

Il comprit que personne n'était là pour l'entendre.

Ce contre-temps le désespéra ; car vous
sentez bien, et il le sentait aussi, que, sans les

circonstances particulières où il se trouvait, il ne pouvait bénéficier de la consolation du proverbe : « Ce qui est différé n'est pas perdu. »

Ce n'était, hélas! que trop perdu pour lui, qui n'avait pas le temps d'attendre. Ce dernier coup l'affecta d'autant plus qu'il l'avait moins prévu. Il le considéra comme une cruelle injustice du sort qui l'accablait, et, pour supporter cette adversité, il s'aida du sentiment de haine qui le poussait contre son rival, et s'efforça de ranimer son courage pour l'heure de vengeance qui allait sonner.

En proie à toutes ces sinistres pensées, il descendit pesamment l'escalier, et, comme il franchissait le seuil de la maison pour s'engager dans la rue, il rencontra sur ses pas un anspessade de la compagnie colonelle de son régiment, qui avait l'air fort empêché de trouver l'adresse d'une lettre qu'il tenait à la main.

Ce messager maladroit, qui jetait les yeux en l'air comme pour obtenir quelque renseignement de localité, et les reportait ensuite sur sa missive, alla inconsidérément donner du nez contre le colonel.

— Que fais-tu là, butor? s'écria celui-ci d'une voix peu attirante.

Puis, examinant le soldat qui balbutiait en présentant sa lettre comme excuse de son inadvertance, M. de Lastic crut reconnaître la suscription de l'épître; il la saisit donc avec violence des mains du porteur.

— Qui t'a donné ça? demanda-t-il.

— M. le marquis de Chauvelin; et j'allais la remettre.

— Je ne me suis pas trompé, fit à part lui le colonel... Après quoi, parlant au soldat : la maison que tu cherches est là, lui dit-il :

j'en sors; il n'y a personne... D'ailleurs je te
relève de ton message... Tu diras de ma part
à M. le marquis de Chauvelin que je me suis
chargé de sa lettre, et qu'elle sera scrupuleu-
sement remise à son adresse. Va!

L'anspessade avait quelque peine à se con-
former aux volontés de son colonel; il restait
planté à la même place, surpris, ébahi, comprenant qu'il violait sa consigne et que son
chef abusait de son autorité.

Mais que faire? Pour l'acquit de sa conscience, il hasarda bien quelque sourd murmure sous forme de protestation. Le colonel
n'entendit pas ou feignit de ne pas entendre,
car il tourna les talons sans y prendre garde,
et poursuivit son chemin.

Il marchait sans se presser vers le lieu du
rendez-vous, tenant sous ses doigts impatiens
cette lettre qu'il venait d'intercepter et qu'il
brûlait de connaître; mais pour la lire, il lui

fallait attendre de n'être plus en vue du soldat
à qui il venait de l'enlever et des passans qu'il
rencontrait par les rues de la ville. Il crut que
quelque abri isolé dans la campagne serait le
seul lieu propice pour commettre son indiscrétion, et c'est vers ce but qu'il s'achemina,
se livrant aux réflexions que devait lui suggé-
rer ce nouvel incident.

— Ma foi ! se dit-il avec une rage concen-
trée, le sort est équitable. Je n'ai pas pu la
voir, et il n'a pas pu réussir à lui écrire...
Eh ! que peut-il lui écrire ?... Quelques adieux
bien tendres, bien déchirans... En vérité, il
veut être pleuré, lui, par provision et avant
sa mort... il veut être accompagné, soutenu
dans le combat, des vœux et des émotions de
sa maîtresse... Sa maîtresse ! elle qui est res-
tée pour moi une idole devant qui j'étais res-
pectueusement prosterné !... Oh ! ils ont dû
bien rire ensemble de ma robuste sécurité...

Comme j'ai été trompé lâchement ! Croyez
donc à quelque chose après cela !... Je ne crois
plus qu'au fer de mon épée , parce que je le
tiens toujours là, sous la main, prêt à me défendre, prêt à me venger... Cette lettre, je ne
l'ouvrirai pas... A quoi bon ?... Ne sais-je pas
tout ce qu'elle doit contenir ?... Il me suffit de
l'avoir détournée quelques heures de sa destination... je vais la rendre à qui l'a écrite...
Mais pourquoi cette délicatesse à l'égard de
qui m'offense dans ce que j'avais de plus
cher ?... Pourquoi user de noblesse à l'égard
de qui me trahit dans mes sentimens les plus
sacrés ?... Des ménagemens envers celui qui
va me tuer si je ne le tue !... Certes, le moment et l'homme sont mal choisis pour que je
me pique d'une grandeur d'âme ridicule...
Non ! non !.. Je lirai cette lettre de mon rival...
Qu'ai-je à craindre ? Rien, Dieu merci ! A ris-
quer ? Pas davantage. Il n'en sera pas plus

animé contre moi, ni moi plus opiniâtré contre lui... Le hasard me fait tomber cette épître
entre les mains, ce serait mal reconnaître cette
chance que de la laisser échapper... Quoi qu'il
en advienne, je la lirai... c'est résolu.

Toutes ces réflexions, qui ne venaient pas à
la bouche du colonel avec la promptitude
qu'elles se lisent et se succèdent sur le papier,
prirent quelque temps et quelque espace, de
telle sorte qu'à la fin de ce monologue, M. de
Lastic était dans la campagne. Or, sa résolution ne fut pas plus déterminée par la tenta-
tion de ses désirs que par la facilité qu'il trouvait à les satisfaire dans un lieu où personne
n'était là pour être témoin de son indiscrétion.

En conséquence, il se glissa derrière une
palissade, et, après avoir regardé tout autour
de lui, par un raffinement de précaution excessive, le colonel saisit cette lettre et en rompit
résolument le cachet.

VI

Revenons à madame de Guébriant ; car nous l'avons laissée seule, en proie à une grande désolation, que La Terrisse est venue compliquer par de terribles nouvelles, et par l'inquiétude pénible où son brusque départ a jeté la duchesse.

La pauvre femme a oublié tous les torts de son amant pour ne se souvenir que du grave danger qu'il va courir. Elle s'arrache, d'une main frénétique, les parures dont elle s'est servie pour triompher de lui ; elle foule aux pieds ces présens à l'aide desquels elle a humilié le cadeau de Chauvelin.

Trois fois elle a mandé ses gens dans l'appartement supérieur, occupé par M. de Lastic, afin de s'assurer que son cousin était sorti pour cette fatale rencontre ; trois fois on lui a répondu que le colonel, après la fête, était monté pour changer de costume, et avait pris son épée de combat.

Impossible de conserver la moindre illusion devant cette écrasante réalité.

— Ils s'égorgent, dit-elle.

Et sa tête éperdue tomba sur sa poitrine agitée par de poignantes angoisses. Cette perplexité la désole ; elle voudrait à tout prix anéantir le temps, supprimer l'espace, voir et savoir.

Chaque moment qui s'écoule lui apporte une espérance sans la délivrer d'une crainte : elle compte les minutes, calcule les probabilités.

Le colonel ne revient pas.

Elle n'ose s'avouer que c'est là ce qu'elle désire, là ce qu'elle n'ose demander au ciel, de peur de blasphémer Dieu.

Accoudée sur le balustre de son balcon, et sa tête désolée dans ses mains, elle plonge un regard obstiné dans la rue.

Tout homme d'épée qu'elle voit venir de loin, elle le prend pour le colonel. Alors c'est une anxiété cruelle : l'homme approche ; elle regarde mieux, et peu après elle se réjouit de sa méprise.

Tout à coup elle aperçoit accourir un militaire. Cette fois, elle se trouble en reconnaissant la taille, la démarche, la figure du colonel. Il avance... plus de doute, c'est bien lui. Il a l'air essoufflé, le teint pâle, les yeux animés. Funeste augure!

La duchesse, éplorée, n'a que le temps et la force de rentrer en chancelant dans son salon.

Là, elle tombe sans connaissance dans un fauteuil.

— Il est mort ! répète-t-elle.

A ses cris, ses femmes accourent, l'environnent, et bientôt après, le colonel lui-même se joint à elles pour porter secours à sa jolie cousine.

Madame de Guébriant revient à peine de son évanouissement, qu'elle jette un cri d'effroi à la vue du colonel, et, l'éloignant par un geste de répulsion :

— Ne m'approchez pas, s'écrie-t-elle, vous me faites horreur ! Vous l'avez tué... tué... Dites que non !...

Cette effervescence s'attiédit cependant par degrés, et fait place à la curiosité la plus provoquante.

— Il n'est pas mort, répond le colonel hors d'haleine.

— Vous mentez, s'écrie la duchesse avec

force et en se levant ; jurez-le sur l'honneur!

Pour toute réplique, M. de Lastic donne à sa cousine la lettre adressée par de Chauvelin à mademoiselle de Fargis.

A la vue de ce nom et de cette écriture, la duchesse retrouve toute sa jalousie et toute sa vigueur.

Sur un signe de son cousin, elle congédie tout le monde, et, demeurée seule avec lui, elle regarde tour à tour la figure du colonel et la lettre qu'elle tient ouverte sous ses yeux. Sa main tremble, sa voix aussi ; malgré cette émotion, elle parvient à lire ce qui suit :

« Mademoiselle,

» Pardonnez-moi d'avoir laissé attaquer votre réputation par celui qui avait le plus grand intérêt à la défendre ; mais la vôtre, je le savais, est de celles qui peuvent sans dan-

ger courir le hasard où périraient beaucoup
d'autres moins solides.

» M. de Lastic a eu la faiblesse ou la témé-
rité d'en croire ses yeux, comme si votre vertu
n'était pas plus forte que l'évidence même.
Sous prétexte qu'il m'a vu descendre la nuit
dernière par une échelle de corde d'un balcon
qui communique à votre appartement, il en a
pris occasion de vous accuser d'un crime dont
il me fait complice. Vous savez que, par malheur pour moi, je n'en suis que trop innocent ;
mais l'erreur du colonel m'arrivait trop à point
pour que j'eusse la générosité de la détruire.
Elle m'a valu la proposition d'un duel à mort,
juste au moment où j'étais en quête d'un
genre de trépas qui ne me fît pas déroger à ma
qualité de gentilhomme.

» M. de Lastic est suffisamment outré pour
me rendre ce bon office sans le savoir et sans
le vouloir. Vous imaginez bien que je me suis

donné de garde de le détromper à votre sujet ;
c'est pourquoi je ne lui ai pas voulu dire ce
que je vous écris ici, à cette fin de rendre
hommage à la vérité et à votre vertu, lesquelles je n'ai pas craint de ternir un moment, que parce que j'avais ce moyen de leur
restituer ensuite tout leur lustre premier.

» En escaladant votre maison, mademoiselle, j'allais (il faut bien le dire) voler à La
Terrisse, qui loge chez vous, cent pistoles
qu'il m'avait déniées la veille, bien qu'il en
eût reçu le double pour moi. Cette somme
m'était indispensable pour acquérir un bijou
que j'avais fait dessein d'offrir pour sa fête à
la dame de mon cœur. Ingrate ! qui a dédai-
gné mon affection et mon présent, sans doute
pour m'encourager à mourir.

» Ainsi, mademoiselle, de la même manière
qu'il vous sera facile de vous excuser, j'espère qu'il ne vous sera pas trop difficile de me

pardonner d'avoir employé la loyale main du colonel pour mettre un terme à une existence qui m'est à charge depuis qu'elle est sans amour.

» Daignerez-vous remercier à ma place M. de Lastic, qui comprendra pourquoi je ne me suis pas moi-même acquitté de ce soin.

» Si, par hasard, mademoiselle, le colonel vous revient un peu endommagé, n'en accusez que ma maladresse, ou bien la nécessité où il m'aura mis de l'aiguillonner par quelque piqûre, afin de l'acharner à me ravir une vie dont je mets le peu qui me reste à vos jolis petits pieds ; car vous savez bien que, dans l'autre monde comme dans celui-ci, je continuerai de me dire, mademoiselle, avec toute sorte de respect,

» Votre bien dévoué à vous servir,

» Marquis DE CHAUVELIN. »

Cette lecture finie, la duchesse ne trouvant pas un mot pour exprimer son ravissement, se jeta au cou du colonel.

Après un silence respectif :

— Quel homme généreux ! quel noble cœur... et brave ! Mais où est-il ? demanda-t-elle ?

— Sur le pré, où il m'attend pour se couper la gorge, répondit en riant M. de Lastic, et vous comprenez bien... Je gagerais même qu'il s'impatiente fort.

— Et cette lettre, comment est-elle parvenue ?

— Je l'ai surprise dans les mains du messager... Si j'y avais mis de la délicatesse pourtant, tout était perdu.

— C'est ma foi vrai, observa la jeune femme qui frémissait encore de voir à quel fil avait tenu l'existence de son amant. Ensuite, se rappelant que c'était du colonel qu'était venue toute cette sérieuse méprise :

— Cela vous apprendra, lui dit-elle sur un ton de reproche, à être si méfiant.

— Nous avons eu tort tous les deux, objecta le colonel.

— Vous le premier, d'avoir douté de mademoiselle de Fargis.

— Et vous la seconde, d'avoir condamné M. de Chauvelin. Nous sommes au pair. Au même moment, les deux interlocuteurs virent arriver le marquis, l'air aussi contrarié que furieux.

Le colonel descendit sur le perron pour le recevoir, et madame de Guébriant entendit le marquis dire, en abordant son adversaire :

— Faut-il donc venir vous relancer au gîte, monsieur le colonel, que vous me laissiez ainsi faire le pied de grue ?

— Ce n'est plus avec moi que vous avez af-

faire, répartit courtoisement M. de Lastic. Venez !

Là dessus, il prit son antagoniste par la
main, et, le conduisant devant la duchesse :
Voilà votre ennemi, lui dit-il.

— On sait vos aventures, dit madame de
Guébriant avec un angélique sourire au marquis interloqué ; et afin que vous ne soyez
plus exposé à vous casser le cou dans les ténèbres pour me quérir de quoi me faire un
cadeau, nous allons mettre désormais notre
fortune et notre bonheur en commun. Cela
vous plaît-il ?

Le marquis, au comble de l'allégresse, se
jeta aux genoux de cette femme qui devenait
la sienne, et couvrit sa jolie main de chaleu-
reux baisers.

Celle-ci, heureuse de cette joie, se tourna
vers le colonel, lui tendit son autre main en
lui disant :

— Je vous pardonne, mon cousin, le mal que vous m'avez causé, et, pour gage de clémence, j'obtiendrai de mademoiselle de Fargis qu'elle consente à faire avec nous une partie carrée par un double mariage.

Quinze jours plus tard, la duchesse de Guébriant tenait cette double promesse aux yeux de toute la cour. Le roi signa aux deux contrats, et le marquis de Chauvelin, pour reconnaître la faveur royale, dit humblement à Louis XIII :

« Nous sommes fiers, sire, que votre majesté ait daigné poser la première pierre de notre bonheur. »

Le roi répondit avec grâce :

« Le reste vous regarde, messieurs; mais l'édifice sera beau, si j'en juge d'après les architectes. »

Madame de Guébriant et mademoiselle de Fargis s'inclinèrent pour montrer leur reconnaissance d'un compliment d'autant plus précieux que le prince était plus ménager de cette monnaie galante.

Le lendemain, les deux mariages furent confondus dans une même fête, et les seigneurs, invités à les célébrer, se montrèrent ravis de cette double union, dont furent plus enchantés encore les quatre personnages qui la contractaient.

LA GROTTE DU CALEL.

I

De toutes les montagnes dont les croupes hautaines accidentent le sol de la France, pas une, à nos yeux, qui soit plus mollement assise et plus gracieusement belle que la Montagne-Noire. N'allez pas vous effaroucher du nom et la prendre au mot : la Montagne-Noire est bleue comme le ciel qu'elle porte sur ses brumeuses épaules. Buffon, dans son système de l'enchaînement des montagnes du globe, la désigne comme la transition des Pyrénées aux Alpes : et de fait, elle se lie aux unes par la chaîne du Vivarais, dont elle est une branche,

et aux autres par l'entremise des Corbières qui
sont des appendices des Pyrénées.

La Montagne-Noire sépare la vallée de l'A-
goût de la vallée de l'Aude par un rempart de
verdure. C'est elle qui se saigne à sa crête oc-
cidentale pour fournir dans trente-huit jours
les sept millions et demi de mètres cubes d'eau
que réclame annuellement le bassin de Saint-
Ferreol, cette merveille du chef-d'œuvre de
Paul Riquet. Ce réservoir monumental, que
Belidor, dans son *architecture hydraulique*,
qualifie du plus grand et du plus magnifique
ouvrage qui ait été exécuté par les modernes,
alimente le canal du midi qu'il remplit en
huit jours de l'un à l'autre *seuil*.

Tant d'éloges octroyés à une montagne de
second ordre autorisent des réserves auxquelles doit se soustraire le versant septentrional. Bien volontiers nous sacrifions le versant opposé qui regarde l'antique vicomté des

Trencavel ; sa pente, d'une déclivité abrupte,
précipite dans le bassin de l'Aude un réseau
furibond de ravines torrentueuses. L'érosion
des gaves et la sécheresse maintenue par l'ex-
position solaire, ont décharné les flancs de la
montagne jusqu'au squelette qui est un granit
à *gros grains*, base constante de ce sol lézardé.
A peine, par intervalles, quelques basses plan-
tations de genets verdissent ces teintes fauves :
il semble que l'armée de Montfort soit passée
la veille sur ces crêtes désolées. Mais la dé-
vastation cesse, et notre admiration revient à
pleines voiles quand souffle le vent plus frais,
et quand surgit la végétation drue et plantu-
reuse du revers septentrional. Ici la terre s'ef-
face sous des prairies diamantées de sources
d'eaux vives ; le chêne, le châtaigner et le
hêtre sont les arbres amis de ces collines;
leur verdoyante masse ondule des pics aux
vallons et se ride de gorges ombreuses.

C'est de votre château d'Aiguefonde, mon cher baron de Spérandieu, que ce spectacle apparaît dans toute sa magnificence. Si l'atmosphère est sereine, l'horizon s'agrandit encore, et l'œil émerveillé glisse par dessus le sommet de la montagne pour monter échelon par échelon, un amphithéâtre de forêts dont les blanches têtes des Pyrénées forment le plus sublime gradin. Alors, la petite montagne semble adossée à la monstrueuse chaîne : on dirait un jeune rejeton qui sommeille, accroupi sous l'œil aérien de sa mère la géante.

Or, entre deux contre-forts dont la Montagne-Noire éperonne le bassin de l'Agoût, un village se cache en tapinois, sous prétexte qu'il suit le cours d'un petit ruisseau. Ce ruisseau fait son lit dans la rue, et quelquefois se permet de découcher, sans respect pour la double haie de maisons qui lui sert de rivage. Par cette incartade, le village est à sec ; car

le village, c'est une rue : aussi toutes les auto-
rités s'empressent-elles aussitôt de ramener au
bercail cette brebis égarée. L'enfant prodigue
rentre dans les digues paternelles, tout confus
de cette velléité d'indépendance qui ne sied
guère à un ruisseau domestique. Ce ruisseau
n'a pas de nom, peut-être à cause de sa conduite; le village s'appelle *Dourgne*.

Dourgne serait donc célèbre par le vaga-
bondage de son ruisseau, s'il ne l'était encore
plus par son commerce de poterie, qui a une
foire, et par son saint, qui a une fête. La foire
et la fête se solennisent le même jour, le
6 août. L'argile de Dourgne est d'un mérite
incontestable ; nous voudrions pouvoir rendre
le même témoignage du saint.

Ce personnage équivoque, nommé Stapin,
a eu des démêlés avec la justice, qui lui con-
testait son état et sa qualité. Un évêque, M. de
Castellane, traita ce saint de chevalier d'in--

dustrie, et dirigea contre lui un mandement
pour abolir son culte. Les adorateurs de saint
Stapin, que le prélat intitulait très cavalière-
ment *le nommé Stapin*, protestèrent et se
pourvurent en appel comme d'abus par devant
le parlement de Toulouse. Le parlement laissa
quelques années la cause en litige et le saint
en sequestre; enfin, l'affaire fut appelée et les
débats s'ouvrirent.

L'évêque disait : Le prévenu a usurpé sa
place en paradis, et je l'accuse du port illégal
d'un titre qui ne lui appartient pas : qu'il
exhibe son acte de canonisation. Les habitans
de Dourgne offraient un certificat de bonne
vie et mœurs, une légende et un cantique en
l'honneur de l'accusé.

L'évêque arguait de faux toutes ces pièces,
en objectant d'ailleurs que Stapin ne figurait
pas dans le martyrologe, cet almanach royal
des fonctionnaires du ciel. Quelle chicane!

répliquaient les paysans : la modestie de notre saint l'empêcha toujours de solliciter des emplois et des honneurs dans le gouvernement céleste. C'est notre compatriote ; nous l'aimons et nous le vénérons. S'il n'a pas ses papiers bien en règle, excusez-le ; il ne faut pas se montrer aussi exigeant envers un pauvre saint de campagne.

Maintenant qu'il est connu chez nous, qu'il a notre confiance, du crédit aux environs et une clientèle à vingt lieues à la ronde, n'allez pas nous le supprimer. Que vous importe, si nous le trouvons assez saint comme cela, si sa protection et ses miracles nous suffisent? Gardez-vous bien de l'enlever à nos hommages ; nous n'aurions plus de patron, attendu que nous n'en accepterions pas d'autre : nous n'aimons point les nouvelles figures.

Ces braves villageois avaient pleinement raison ; c'est pourquoi ils perdirent leur procès.

Il fut prononcé un arrêt attestant que le *sieur Stapin* n'avait jamais existé. En conséquence, on décréta prise de corps contre ses reliques, et ses *ex-voto* furent vendus aux enchères.

Cet interdit dura jusqu'à la révolution. Stapin, qui n'avait rien à perdre, gagna tout dans ce bouleversement, et pendant qu'ailleurs on détrônait les saints authentiques, lui, pauvre saint apocryphe, remontait tranquillement sur son autel, où il siége depuis dans toute sa magnificence rustique.

Il n'y a pas trois ans que nous avons vu promener sa châsse triomphante, et la foule des infirmes qui se pressent périodiquement aux abords de sa secourable chapelle n'avait guère diminué. Voici par quel talisman les prodiges s'opèrent : la cour des miracles, rangée sur deux files, se dirige processionnellement sur un monticule voisin. Là sont des cavités étranges fouillées dans le roc; celle-ci se creuse en botte, celle-là prend la forme d'un accoudoir, cette autre semble porter l'empreinte d'un genou ; et comme cette dernière est la mieux réussie, on appelle l'ensemble de ces vestiges vénérés *Las Génouillados*. Chacun des assistans insère dans ces moules naturels ses membres invalides ; l'un plonge sa main dans ces gantelets de pierre, l'autre se fait un cuissard de granit ou un casque de roche. Après quoi les aveugles trébuchent, les muets gesticulent, les boiteux clopinent ; et tout ce pittoresque cortége descend la montagne en chantant les louanges du grand saint Stapin, qui n'a guéri personne (1).

---

(1) Ces plaisanteries que nous persistons à croire fort innocentes et nullement voltairiennes, ont donné lieu à une réfutation *ex professo*, publiée sous forme de brochure par un membre très distingué du clergé de Castres ; l'authenticité de saint Stapin y est appuyée sur des documens irrécusables, et nous faisons ici amende honorable d'une erreur dans laquelle nous sommes tombés à la suite d'un homme qui a pour habitude de n'en pas commettre : M. Magloire Nayral, le savant

Foi robuste, consolantes illusions, qui oserait vous combattre et vous détruire? Et vous,
messieurs les esprits forts, voulez-vous, en
éclairant ceux qui souffrent, rendre leur âme
aussi malade que leur corps? Voulez-vous
arracher à leurs mains mutilées le seul bâton
qui les soutienne ici-bas, la croyance? Voyons
si vous serez assez barbares pour écrire sur
leurs infirmités cette fatale devise de l'enfer :
Lasciate ogni speranza! Ecoutez-les, ils chan-
tent; et avant de les instruire, examinez si
vous êtes plus heureux que ces *malheureux*.

Toutes ces particularités locales sont consi-
gnées en cet endroit pour attester que je me
trouvais à Dourgne en 1836. Un soir donc que
je rentrais dans mon hôtellerie, le palefrenier

---

auteur de la *Biographie et Chroniques castraises*. Nous re-
mercions notre antagoniste de nous avoir ouvert les yeux,
car, Dieu merci, nous n'avons pas hérité de la passion tracas-
sière du théologien de Launoy, lequel, au dire de Guy Patin,
faisait tous les ans un livre pour ôter un saint du paradis.

de céans, qui cumulait ces fonctions avec celles de valet (pauvres chevaux, s'ils étaient aussi bien traités que nous!), me fit part d'une petite révolution intérieure accomplie durant ma promenade : il s'agissait d'un léger changement de domicile *sur place*. Le départ d'un voyageur m'avait fait hériter de sa chambre, *la meilleure* de l'auberge, et la mienne était échue à un nouvel hôte; par cet ordre de choses, j'étais monté d'un cran et descendu d'un étage. Il me fallut subir ce bonheur que ma providence en sabots avait pris sous son bonnet... de laine de m'infliger pendant mon absence. Après tout, qu'importe le nid à l'oiseau de passage?

En pénétrant dans mon nouveau réduit, je constatai à première vue que la promptitude du déménagement avait fait oublier un des objets les plus précieux de mon bagage, un vieil exemplaire de Michel Montaigne. Je le

tenais d'un homme que j'avais beaucoup aimé
au collége. M. de Cambon, mon professeur,
ou plutôt mon ami, m'avait fait cette gracieu-
seté au sortir des classes, et depuis lors, je
n'avais pu témoigner au donateur combien
j'avais été fidèle à cette religion du souvenir...
Je ne l'avais plus revu... Seulement, on m'a-
vait appris qu'il était parti deux années après
moi, forcé d'abandonner le collége pour des
chagrins de cœur dont j'ignorais et l'objet et
la cause.

Aussitôt après avoir vérifié l'*alibi* du livre
en question, j'envoyai mon valet de chambre
le réclamer à mon remplaçant. Le serviteur
me revint les mains nettes, sous prétexte que
le nouveau détenteur se refusait de remettre
le livre à tout autre qu'à son propriétaire.

Je ne m'expliquai point une pareille bizarrerie; mais, une minute après cette réponse,

j'allais demander à l'auteur le mot de son énigme.

Un miracle de saint Stapin ne m'aurait pas jeté dans une stupéfaction plus haute : l'homme qui vint m'ouvrir était M. de Cambon. Quelle surprise ! quelles accolades ! que de questions et que de joies ! Cela se devine sans peine ; et puisque le lecteur connaît les personnages, il saura aisément bâtir la scène et rédiger les paroles de cette reconnaissance amicale.

Les premiers épanchemens de cette cordiale effusion nous empêchèrent, lui de continuer, et moi de remarquer certains préparatifs étranges auxquels il se livrait avant ma venue.

Sur ses meubles étaient épars çà et là de grossiers vêtemens peu en rapport avec le personnage. Regardez : une veste, une blouse, des guêtres de cuir et une casquette de toile ; dans un coin, un long bâton aigu et ferré par

un bout, plusieurs chandelles, des allumettes
et un briquet.

—Vous voyez, mon cher, dit M. de Cambon,
répondant à l'interrogation qu'il lisait dans
mes yeux; vous voyez que je médite une
incursion souterraine.

— Oui, et je m'aperçois qu'à l'endroit où
vous allez, on viole expressément la consigne
du jardin des Tuileries au sujet des casquettes.

—Vous pourriez ajouter que, par opposition
aux *bals de société*, une mise *indécente* est de
rigueur.

— Parions que vous allez à la *Grotte du
Calel!*

—Précisément. Or, comme il n'est permis
qu'à une chausse-trappe de se tenir constam-
ment debout sur ce terrain inégal et fangeux,
je me costume de manière à mépriser les glis-
sades et les chutes obligées. Voyons! aidez-
moi à découper cette botte de parchemin.

— Je comprends vous en éparpillerez les fragmens sur votre passage. Les cailloux du Petit-Poucet ont plus de faveur que le fil d'Ariane ; malgré votre préférence, je persiste à déclarer le stratagème de mademoiselle Minos, infiniment plus *retords*.

— Habitude de petit journal, fit M. de Cambon en haussant les épaules pour ne pas rire.

— Quand partez-vous ?

— A l'instant ! je n'attends plus que des torches et l'ancien concierge du collége, le *père Bourin*.

— Le père Bourin en est ? vous avez donc un guide ?

— Sans doute, et il ne tient qu'à vous que j'aie un compagnon.

— J'accepte.

— Mais vous êtes trop bien ainsi.

— Vous trouvez ! En ce cas, ajoutai-je avec cet air de coquetterie qui ne me caractérise pas, je demande dix minutes pour faire ma toilette.

— Je vous en accorde quinze.

Au moment convenu, nous étions tous les trois sur pied et en route. Après deux heures de marche ou plutôt de pénible ascension, le trio que vous savez s'insinuait à quatre pattes et à reculons dans la grotte du Calel.

Comme à l'orifice on rencontre une pente à pic sur un terrain extrêmement mobile, il aurait fallu être doué des tenailles du homard, dont nous imitions les allures, pour modérer la descente. Une glissade involontaire me renvoya au fond avec mes ongles limés et mon flambeau éteint.

— Beau début ! me cria M. de Cambon en venant vers moi pour allumer ma torche. Vous oubliez que nous sommes ici à la grotte du Calel, ce qui signifie en langue d'Oc la *Grotte de la Lampe.*

— Je l'oublie si peu, répondis-je, que Goudelin le poète, dont je sais les vers par cœur, appelle le soleil : *Lou gran calel del cel* : la grande lampe du ciel.

— Eh! bien, tâchez de ne pas éteindre la vôtre!

Cette grotte où nous venions d'entrer est un des phénomènes les plus curieux de la géologie. Le fragment de la montagne dans l'intérieur duquel elle se creuse, se nomme le *Caussé* : des pyrites, des couches de lave et de balsate, qui hérissent sa surface, témoignent qu'un ancien volcan avait établi là son cratère; un ruisseau disparaît par un gouffre qui figure le pavillon d'un cor, et s'infiltre dans la grotte où il va continuer sa course souterraine. Trois heures suffisent à peine pour parcourir cette immense caverne; le plus souvent on longe de profil un sentier gluant, qui serpente entre deux abîmes : ici la

voûte de rochers qui menaçait votre tête disparaît à vos yeux, et là elle vous écrase au
point qu'il faut vous traîner ventre à terre
pour passer sous son joug. Tantôt un limpide
ruisseau murmure à vos côtés et vous sert
d'escorte, et plus loin les pierres que vos
pieds déplacent vont s'engloutir dans des précipices sans fin, avec un bruit si sourd, qu'il
échappe à la perception de votre oreille attentive. Bref, à travers ces obstacles, un tiers du
chemin se fait sur les genoux, un tiers sur les
épaules, et le dernier tiers sur les pieds.

Côtoyez avec prudence ces puits inconnus,
ces citernes béantes, et pourtant levez les yeux
au risque d'imiter l'astrologue, car jamais un
palais des contes arabes n'a scintillé de tant
d'étoiles. Des cristallisations innombrables ta-
pissent les parois de ces galeries sous une pluie
suspendue de ruisselantes stalactites d'un spath
jaune et ondé : ces congellations pierreuses,

sans cesse alimentées par les sucs lapidifiques
qui suintent de la voûte, font pointer leurs gracieux culs-de-lampe. Les marbres luisans, les al-
bâtres polis se mêlent aux stalagmites resplen-
dissantes, et tous ces ornemens affectent les
formes de la plus grandiose poésie. Des colon-
nes gigantesques, de sveltes ogives, des fran-
ges aériennes, des pyramides, des clochetons
renversés, des pinacles, des dômes, des porti-
ques, toutes ces fantaisies reluisent, miroitent
et reflètent les mille clartés inconstantes et
soudaines dont vos flambeaux les allument.

Garde à vous ! Entendez ces légions de
chauve-souris qui effleurent vos torches de
leurs membranes et poussent des cris effarés.

Parvenus au carrefour de plusieurs gorges,
le père Bourin s'assit auprès d'une table de
marbre, sortit une bouteille miraculeusement
sauvée des risques du trajet, et nous demanda
la permission de se reconforter.

Environ à une arquebusade du lieu où notre guide faisait sa collation, mon collègue s'arrêta tout à coup sur un tertre anguleux, s'orienta du regard, puis d'un air de réminiscence, il frappa du pied en disant : — C'était ici !

Cette exclamation spontanée, il la répéta en me regardant : —Oui, c'était là, ajouta-t-il, le premier théâtre d'un drame au dénouement duquel j'ai le malheur d'avoir survécu. Je l'écoutais avec étonnement.

—Mon père me dit-il, vous ne l'ignorez pas, est un vieux gentilhomme qui a toujours compris plutôt la lettre que l'esprit de la noblesse : il eût fait bon marché des priviléges de sa caste et non pas de ses titres. Il se vit confisquer d'un œil sec son domaine de Cambon, mais il versa des larmes de rage en apprenant qu'on débaptisait le château de ses pères pour l'apler : *Roche libre*. Il chassa un vieux domestique au risque de s'en faire un ennemi qui

pouvait l'envoyer à l'échafaud ; le seul crime
de ce serviteur était d'avoir dit en s'adressant
à mon père : *Citoyen Cambon*, suivant les
prescriptions de l'époque. L'orgueil individuel
et la glorification de notre famille étaient les
grandes et uniques préoccupations de cet
homme. Volontiers il eût dit : La noblesse
c'est moi, c'est le nom que je tiens de mes an-
cêtres. Aussi son plus amer souci était de ne
pas avoir des héritiers pour perpétuer son
nom. Ma mère m'a conté qu'à la naissance de
deux sœurs, mes aînées, mon père ne put
comprimer un geste de dépit et des mots de
reproche. Dieu a détourné la face de notre famille, s'écria-t-il d'un ton menaçant. Un pauvre hobereau qui, à cette occasion, s'avisa de
lui offrir une quenouille sous forme de plai-
santerie paya, par une blessure reçue dans un
duel, cette espièglerie fort innocente.

Lors de ma naissance, mon père oublia les

malheurs récens de l'émigration, la perte de ses domaines, et m'élevant vers le ciel, dans ses bras, comme faisaient les Romains de leurs enfans, il dit avec le transport d'une joie excessive: — Je puis mourir, mon Dieu, quand il vous plaira, voilà l'héritier de mon nom !

Dès cette époque, ma mère fut plus heureuse : il daignait sourire à mes sœurs qu'il traitait avec tant de dureté autrefois.

Une vocation très prononcée m'entraînait vers l'état ecclésiastique ; ma pauvre mère, moins orgueilleuse et plus tendre, avait favorisé en moi ce penchant secret : de là de fréquentes querelles dont j'étais le motif et ma mère la victime. Je m'en aperçus et quittai la maison paternelle, faisant au repos de mes paréns le sacrifice de ma vocation.

J'acceptai une place de professeur à l'école de Sorèze. C'était pour moi un terme moyen entre le monde et la solitude ; et si je n'avais

l'habit et la règle des Bénédictins, j'habitais
du moins une de leurs studieuses abbayes.

Vers l'époque de votre départ du collége, je
me liai d'étroite amitié avec un de mes con-
frères, M. Daverseul : les circonstances me
firent son commensal et par la force des choses je pénétrai dans l'intimité la plus secrète
de cette excellente famille.

Vous avez connu madame Daverseul, je ne
vous ferai pas son portrait; car, pour peu
que vous ayez eu le bonheur de l'approcher,
vous avez compris tout ce qu'il y avait de
noble aménité dans ses manières, de fraîcheur
enfantine dans sa voix, et de naïve fascina-
tion dans ses yeux. Malgré moi, ou plutôt à
mon insu, je me laissai entraîner par tous ces
charmes dont j'étais l'imprudent admirateur :
bientôt, et toujours sans y prendre garde, je
dépensai de longues heures à d'interminables
causeries aux pieds de madame Daverseul. Le

mari qui, parfois, me trouvait au retour à la même place où il m'avait laissé à son départ, me raillait sur mes assiduités, *sur la cour que j'adressais à sa femme.* Ces plaisanteries m'agréèrent d'abord, parce qu'elles se faisaient devant elle; plus tard elles me déplurent pour le même motif. C'est qu'alors j'étais réellement amoureux en cachette et sans espoir. Cette horrible vérité, je n'osais me l'avouer à moi-même, encore moins à celle qui était l'objet de cette passion : elle dut la comprendre néanmoins à toutes les précautions que je prenais pour éviter l'occasion du tête-à-tête.

Pourquoi l'enfer conspirait-il contre nous ? Cette occasion s'offrit d'une manière impérieuse : un soir nous causions tous trois au coin du feu; le directeur du collége fait mander M. Daverseul; je me lève sur le champ pour sortir avec lui.—Restez! restez! me dit-

il alors en me contraignant de me rasseoir :
j'ai quelque chose à vous communiquer à
mon retour. Je demeurai donc face à face
avec madame Daverseul, qui n'avait essayé
aucune insistance pour me retenir.

La conversation languit entre nous et devint des plus insignifiantes : quand le cœur
parle, la langue se tait et l'esprit dort. Ceux
qui causent le mieux sont les gens qui n'ont
rien à se dire. Un silence que personne ne
songeait à rompre nous reposa un instant de
cette contrainte.

Rien de plus monotone que le langage des
amans *honteux*. Leur vocabulaire ne renferme
qu'un mot, le seul qu'ils ne prononcent jamais : Je t'aime ! Entre eux, les paroles perdent leur signification usuelle et deviennent
autant de métaphores qui varient en un sens
toujours identique. Les expressions ne comp-
tent pour rien : le geste, l'accent, le regard

sont les interprètes sublimes des niaiseries les plus banales. « Monsieur, il fait un beau clair de lune ! » peut aussi bien se traduire par : « Je vous aime, » que si l'on répond : « Madame, la couleur de votre écharpe vous sied à ravir. »

Néanmoins, cet effort qu'il nous fallait faire pour dire tout haut des choses si éloignées de celles que nous pensions tout bas, nous était insupportable, et notre dialogue s'éteignit dans ce silence dont j'ai parlé. Madame Daverseul le rompit la première, et secouant la tête avec une mélancolie compatissante : Pauvre jeune homme ! dit-elle. Mon cœur éclata tout à coup sous cette étincelle ; je saisis, dans ma frénésie, une main qu'elle retira, mais pas assez vite ; mes lèvres frémissantes l'avaient effleurée.

M. Daverseul rentrait à ce moment, Jenny se déroba d'un pied leste : Je laisse ces messieurs à leurs graves confidences, dit-elle, et prenant cet habile prétexte pour cacher son trouble, elle s'envola dans la chambre voisine.

M. Daverseul parlait, mais ma tête n'était plus à moi, encore moins à lui. Je ne l'écoutais pas, c'est à peine si je l'entendais, et si, à force de redites, je parvins à saisir qu'il s'agissait pour le lendemain jeudi, d'une visite à faire ensemble à la *Grotte du Calel :* « Que ma femme n'en sache rien, elle croirait tout perdu! » Telle fut la seule phrase que je perçus distinctement de tout cet entretien, peut-être parce que c'était aussi la seule qui, par son objet, rentrât dans l'ordre de mes pensées.

Le lendemain donc, M. Daverseul et moi nous nous acheminâmes de grand matin vers cette grotte : c'était la première fois que nous pénétrions tous deux dans ce périlleux dédale. Ces éblouissantes richesses, cette profusion de merveilles nous jetèrent dans un enthousiasme irréfléchi. Mon compagnon s'était chargé de semer derrière nous des feuilles de papier ; après de longs circuits et de complaisantes explorations dans ces excavations effrayantes, l'heure du retour nous sembla venue, et même il fut constaté par nous avec un léger mouvement de terreur , non avouée de part et d'autre, que nous avions consumé la plus grande partie de notre luminaire. La retraite s'effectua silencieuse et rapide, chacun de nous en proie à de sinistres préoccupations. Les yeux fixés en terre, nous ramassions une à une les traces lointaines que la main distraite de mon ami avait éparpillées sur nos pas. Tout à coup, à l'endroit où le sentier se bifurque et regarde deux gorges béantes, M. Daverseul se baissa, prit une de ces feuilles, la considéra en frémissant, et s'écria avec effroi : « Ces traces ne sont pas les nôtres ; le papier était imprimé, n'est-ce pas ? celui-ci est blanc, voyez ! » — Qu'importe ? répondis-je, elles nous conduisent vers l'issue. — Ou peut-être nous en éloignent, et il ajouta, en me montrant une torche presque entièrement consumée : « C'est la dernière.

Et nous courûmes de nouveau à travers ce labyrinthe, qui tout exprès multipliait ses défilés et creusait ses précipices. Bientôt notre torche s'éteignit et ses dernières clartés projetèrent des lueurs inégales et lointaines qui ne faisaient qu'accuser l'immensité de ces abîmes : cette grotte naguère éblouissante et splendide, nous apparut lugubre comme des catacombes, et notre arrêt de mort nous semblait gravé sur les reflets ternes que se renvoyaient tristement les stalactites jaunâtres. Oh ! mon Dieu ! nous sommes perdus ! Ce cri de détresse nous fut arraché simultanément par le dernier souffle de notre lumière. Nous sommes perdus!

Il nous reste un dernier expédient, m'écriai-je après un moment de silence et de cruelle réflexion.

— Lequel?

— Daverseul, vous avez un briquet et des allumettes?

— Oui, après?

— J'ai des vêtemens et vous aussi.

— Je comprends.

Et sur le champ mes habits mis en pièces furent tordus en mêches grossières. Mais hélas! les flammes eurent bientôt dévoré ces maigres alimens, et les quelques pas que nous fîmes au hasard avec le secours de cette lumière suprême ne purent que nous démontrer davantage l'inutilité de nos efforts. Comme l'homme s'accroche à l'espoir le plus frivole! Je vois encore M. Daverseul, saisissant le dernier lambeau que mes doigts brûlés avaient laissé échapper, le soulevant avec impétuosité, courir en furieux à travers ces gouffres pour revenir vers moi, haletant, épuisé, anéanti.

Enfin, exténués de lassitude, de frayeur, de froid et de désespoir, nous nous assîmes côte à côte sur cette terre gluante qui glaçait nos corps dépouillés. Durant de longues heures, nous dénombrâmes nos chances de salut, mais toutes nos investigations aboutissaient à une conclusion terrible et inévitable : la mort !

Cette perspective infaillible que nous devions acheter par la plus cruelle et la plus lente des agonies, nous glaça d'effroi. En présence de l'éternité qui s'ouvrait devant nous, abandonnés comme nous l'étions de la nature entière, tous nos regards se tournèrent vers Dieu. Oh ! quel bonheur de croire et d'espé-

rer en ces heures suprêmes! M. Daverseul
prit l'initiative d'une proposition qui peut-être
vous paraîtrait étrange ailleurs, mais que
vous trouverez fort naturelle, puisque vous
avez sous les yeux le théâtre de cette lugubre scène. Notre religion, dit-il, autorise la
confession de laïque à laïque en cas d'absolue
nécessité : frère, recevez la mienne, j'écoute-
rai la vôtre ensuite, et Dieu sera peut-être
touché de notre contrition et de nos souffrances.

Ce qu'il me confia est un secret enterré
dans mon cœur; mais il m'est permis de vous
dévoiler une partie de ma confession. Mon
amour insensé pour Jenny, mes folles pensées, mes luttes impuissantes, tout lui fut dévoilé, tout, même l'entrevue de la veille : je
n'osai pas hésiter; je m'adressais à mon juge
sur le seuil de l'éternité !

Je n'ai rien de bien exact à ce sujet dans

mes souvenirs ; mais je crois me rappeler que mon ami fit un mouvement d'horreur et tressaillit sur son séant : je venais d'attaquer par un raffinement de barbarie indispensable la seule fibre encore épargnée, intacte de cet agonisant.

Bien des heures s'écoulèrent après cette mutuelle confidence. Il régnait un silence lugubre, interrompu quelquefois par le paroxisme de nos douleurs. Parfois aussi. une lueur d'espoir venait éclairer notre infortune ; mais ce n'était que pour rendre les ténèbres plus visibles, selon l'admirable expression du poète.

La faim, dont nous avions comprimé les sollicitations premières, nous harcelait de son impitoyable aiguillon ; la faim, ce mauvais conseiller, moins violente pourtant que la soif, une soif de Tantale qu'irritaient sans pitié les criailleries de ce ruisseau qui roule là-

bas. Si vous n'étiez mon ami., mon meilleur
ami, je n'oserais pas vous exposer les idées
affreuses qui bouillonnaient dans ma tête. Oh!
comme j'ai bien sondé les incroyables hor-
reurs de cette faim homicide qui aboutit à
l'antropophagie! Faut-il vous mettre à nu les
plaies hideuses de l'égoïsme? Je méditais avec
mon compagnon un combat sans merci, après
lequel celui qui aurait succombé devait servir de pâture à l'autre. Oui, cette effroyable
pensée me torturait sans relâche, et j'ai appris plus tard que M. Daverseul, de son côté,
était en proie aux mêmes tentations.

Subjugués par cette irrésistible influence,
nous nous rappochâmes de façon à nous heur-
ter, et chacun étreignant le bras de son ami
(qu'ai-je dit?) de son adversaire, nous échan-
geâmes ces deux mots, qui étaient devenus
autant et plutôt l'expression d'une menace
que d'un besoin : J'ai faim ! Puis, sans lâcher

prise, nous nous levâmes debout, tous deux
de concert et comme d'un commun accord.
Nos efforts se bornaient de part et d'autre à
une opiniâtre défensive, personne n'osant
prendre l'initiative de l'attaque, tant nous
avions horreur de nos pensées et surtout de
nos actions. Si la lumière est humaine, que la
nuit est barbare : le crime y enfouit sa hideur
et cache dans l'ombre son atroce physionomie;
supposez qu'un rayon de soleil, un seul, eût
pu éclairer nos visages, et je suis certain que
personne n'eût osé entamer cette infernale
lutte.

Mais, sous le double empire de la nécessité
et des ténèbres, la déclaration de guerre : J'ai
faim ! fut répétée plus furieuse sous l'accent
d'une sauvage férocité.

Nous étions de force à peu près égale, l'infâme victoire promettait d'être douteuse;
aussi, par un instinct qui nous fut mutuel,

chacun de nous s'enlaça à la bête féroce qui lui servait d'adversaire. Quelle manière plus éloquente de nous signifier nos prétentions ? N'était-ce pas nous dire clairement l'un à l'autre : La victoire pour personne ; la mort pour tous deux.

Cette manœuvre fut comprise, et après un léger essai de nos forces, voyant que le salut et la perte seraient communs, nous nous surprîmes à faire tous les deux le même mouvement ; chacun retomba à la même place et lâcha son ennemi.

Alors, même silence, même terreur ; cela dura je ne sais combien de temps, et une guerre moins loyale qu'auparavant, si l'astuce n'eût été une arme réciproque, recommença. M. Daverseul se glissa insidieusement, et sans m'avertir par la sinistre provocation, *j'ai faim*, se précipita sur moi. Heureusement j'étais sur mes gardes, et je l'appréhendai au corps. Nous étions donc étroitement liés comme avant, couchés, il est vrai, au lieu d'être debout, mais côte à côte et avec une égalité parfaite dans le champ de bataille. Un soudain et énergique effort me donna le dessus : mon adversaire se débattit convulsivement et me terrassa à son tour. Nous avions, à ce qu'il paraît, atteint dans nos frénétiques évolutions l'extremité de la plate-forme où se livrait notre pugilat homicide, car tout à coup je sentis la terre se dérober sous moi, et nous roulâmes dans l'abîme. Notre chute se brisa contre un accident de terrain, et, tout souillés des graves blessures occasionnées par les pointes des rochers, nous nous trouvâmes debout, oui debout. Chacun de nous espérait tenir un cadavre dans ses bras, il tenait un ennemi! Nous ne pouvions en douter au battement de nos poitrines pressées l'une contre l'autre. Le duel n'était pas plus avancé qu'à ses prémices ; seulement nous étions étonnés qu'il nous restât encore assez de vigueur pour nous soutenir, et nous pensions que si le combat se prolongeait jusqu'à un résultat, le vainqueur n'aurait pas assez de force pour profiter de l'horrible défaite.

J'ignore ce qui serait advenu, quand une lueur vague et lointaine nous sembla poindre dans la grotte. Je m'imaginai que c'était un rêve, une hallucination de mourant, une aurore d'une nouvelle vie. Je détendis les mains, je me laissai couler à terre, car Daverseul ne m'étreignait plus. Alors je me précipitai vers lui pour en appeler de ma vision au témoignage de ses yeux, et dans la même pensée sans doute, il me serrait sur son cœur, non plus comme il y a un instant dans un but de meurtre, mais dans une pensée de salut : et tous les deux, assis sur notre séant, les bras tendus vers une même direction, nous ne pûmes que dire : Ici ! ici ! Puis, anéantis par cette suprème tentative, nous retombâmes durement à terre : cet effort est le dernier dont il me reste la conscience. Cette vaine lueur s'était évanouie ! fol espoir !

II

En cet endroit du récit survint le père Bourin qui probablement s'ennuyait en tête à tête
avec sa bouteille vide. Du plus loin qu'il nous
aperçut : Messieurs, nous dit-il, voilà plus
d'un quart-d'heure que je vous cherche, nos
torches *s'en vont*, il faut en faire autant !

— Partons ! dit le narrateur, en jetant autour de lui un long regard où se peignait toute
la mélancolie d'un adieu.

A quelques pas de là, l'ex-concierge se tournant vers mon ancien professeur, avec cet air
humble et rusé, si familier aux méridionaux,
se prit à dire :

— Si je ne suis pas trop curieux, m'est avis

que M. Cambon racontait sa fameuse catastrophe de la grotte.

— Précisément; est-ce que vous vous la
rappelleriez?

— Si je m'en souviens, morbleu ! comme
si c'était d'hier. Vous étiez là-bas juste à l'endroit où je vous ai rencontrés. Mais d'abord
prenons-le de plus haut; voici l'histoire : Il y
avait déjà quatre grands jours que vous étiez
disparus ; tout Sorèze déplorait ce malheur,
car, sauf votre respect, on vous aimait joli-
ment tous les deux. Pensez si madame Daverseul était dans l'affliction ; cette pauvre dame
pleurait comme une Madeleine et courait
comme une folle. Voyant toutes les recherches inutiles, elle s'avisa d'aller consulter Ja-
cob, le vieux sorcier de Dourgne. Le devin,
après des prières et des momeries, répondit :

Le grillon du trou sortira
Quand le jour y pénétrera !

Cet oracle vola de bouche en bouche, et il fut convenu que le trou du sorcier ne pouvait être autre chose que cette grotte. En ma qualité de guide, je partis aussitôt sans me faire tirer l'oreille, avec une douzaine de jeune gens qui me suivirent par curiosité.

Sur les quatre heures de l'après-midi, mes compagnons et moi nous pénétrâmes dans la grotte. De distance en distance j'arrêtais la caravane, et tous ensemble nous poussions un grand cri : cet appel, qui aurait retenti dans la montage à plus d'une lieue à la ronde, était étouffé par le bruit de ce ruisseau tapageur ; et lorsque la cascade se taisait un peu, notre voix ne parvenait qu'à réveiller des échos et à effaroucher des chauves-souris.

Finalement, fatigués de crier, fatigués de sonder tous ces précipices, d'interroger tous ces gouffres, nous jetions nos cris plus rarement et presque pour l'acquit de notre conscience. Ne voilà-t-il pas que le nommé Gapidel, imbécile de la *société* (et Dieu merci ! vous savez qu'il s'en *faufile* partout), se mit à compter la compagnie. « Oh ! mon Dieu, treize, dit-il, nous sommes treize, ça nous portera malheur. » Je ne vais pas plus loin. Ni moi, ni moi, ni moi non plus, répètent tous les autres en se signant.

— Comment ! m'écriai-je, c'est tout de bon qu'on écoute cet animal de mauvais augure. Laisser échapper le lièvre quand on va l'atteindre, vous n'y pensez pas ! Mais je veux être accommodant. Ne m'accordez qu'un quart d'heure encore.

— Pas une minute, nous sommes treize.

— Ah ! vous le prenez sur ce ton. Et si je ne voulais pas vous reconduire à l'issue de la grotte : si je vous plantais là pour continuer la route tout seul ?

— Non pas ! non pas ! Personne de nous n'a

envie de s'égarer dans ces obscurs précipices, et si tu ne veux pas nous conduire de bon gré, nous saurons bien t'y contraindre ; nous t'emportons sur nos épaules, marchant du côté que tu désigneras. Si tu nous trompes, tant pis pour nous ; mais aussi tant pis pour toi ; nous nous perdrons ensemble. Celui qui parlait ainsi n'était pas l'imbécile de tout à l'heure ; mais un fin sournois.

— Nous sommes treize ! ne cessaient de vociférer les autres, et ce refrain sinistre arrivait comme le *Gloria patri* à la fin de tous les chapitres.

— Oui, messieurs, dis-je impatienté, nous sommes treize ; qu'est-ce que cela prouve ? Et d'ailleurs, si cela prouve quelque chose, en serons-nous moins treize parce que nous rebrousserons chemin ? Non, certes : tandis que si en poursuivant nos recherches nous découvrions les pauvres professeurs, nous serions

quinze au lieu de treize. Par pitié, accordez-
moi dix minutes ! dix petites minutes; le
temps de fouiller de l'œil dans deux ou trois
précipices.

Un refus général accueillit cette requête.

— Qui nous répondrait de votre retour, interrompit quelqu'un ?

— Celui de vous qui voudra me suivre et
terminer avec moi une bonne action, que j'ai
l'espoir de mener à bonne fin, avec l'assistance
de Dieu.

— Ce sera moi, répartit Gapidel, qui l'ac-
compagnerai. Mais dix minutes, c'est convenu ;
pas une seconde de plus ; sinon, bonsoir !

Nous prîmes congé de la troupe. Cinq fois
nos cris jetés par intervalles se répétèrent en
échos sous ces voûtes immenses, et cinq fois
les plaintes du ruisseau et des oiseaux de nuit
nous répondirent. Nous retournions sur nos
pas, lui grommelant de ma persévérance inu-

tile, et moi triste du peu de réussite de cette dernière épreuve, quand il nous sembla ouïr un faible cri.

— J'ai entendu quelque chose, dis-je à Gapidel.

— Allons donc ! une chauve-souris aura sifflé à vos oreilles ?

— Non ! Attendez un instant ; et je l'accrochai par le bras.

— J'y consens, reprit-il avec dépit : mais c'est la dernière complaisance ; qu'il vous en souvienne !

Cette concession ne me fut d'aucun profit.

— Rien ! j'en étais sûr ; et mon camarade accompagna ces mots d'un geste qui pouvait exprimer aussi : Vous radotez, mon cher !

— Rien ! répondis-je, avec l'accent d'une désolation profonde, je m'étais trompé. Notre marche recommença aussi silencieuse et plus triste.

— Avez-vous entendu? m'écriai-je.

— Encore! fit-il, en frappant la terre d'impatience.

— Comment! vous n'entendez pas?

— Parbleu! pas davantage. Ah!... si... Je crois que si. Mais vous avez des oreilles de taupe, ce sont les compagnons qui nous appellent ou murmurent.

— Non; le bruit part d'ici, et les autres sont là. Courons!

Et nous suivîmes la direction probable. Quel bonheur! le son se rapprochait peu à peu, et plus loin, adossés à un tertre, nous trouvâmes deux hommes nus, couverts de boue, de sang, de cicatrices. Oh! sans les cris d'effroi que vous ne cessiez de pousser, même lorsque nous vous pressions dans nos bras, nous vous eussions pris pour des cadavres à emi dévorés par les loups.

Cette bonne nouvelle, que je m'empressai

de porter à nos compagnons, excitait une allégresse unanime; à les entendre, personne n'avait songé une minute à rétrograder, et chacun jetait la pierre au pauvre niais qui avait attaché le grelot de la peur.

Gapidel en nous attendant était à genoux entre ces deux corps, et la main appuyée sur la poitrine de l'un, sans doute pour vérifier s'il n'avait pas cessé de vivre.

Dans cette attitude, et la figure allumée par la lueur rougeâtre de sa torche, il ne ressemblait pas mal à un assassin surveillant l'agonie de deux victimes.

Arrivés auprès du lieu où gisaient vos deux corps privés de tout signe de vie, je m'empressai de nouer ensemble les mouchoirs de toute la troupe et d'improviser ainsi des vêtemens bizarres pour les malheureux qu'il fallait couvrir et sauver. Cela fait, je divisai la bande en deux groupes pour transporter les deux mou-

rans avec tous les ménagemens imaginables.
Moi seul je restai libre, afin d'éclairer la
marche et de diriger le cortége. Tout le
monde fit merveille et nous arrivâmes à bon
port et au petit pas jusqu'au *Trou de la Fouine.*
Chacun s'ingénia pour découvrir un moyen
de vous faire passer par cette filière de Luci-
fer. Chacun de proposer une opinion diffé-
rente; j'usai de mon autorité pour faire pré-
valoir la mienne. Deux mouchoirs distraits
de vos couvertures servirent à vous attacher
l'un après l'autre au dessous des aisselles; je
liai moi-même ces mouchoirs à mes pieds, et
je vous traînai après moi dans le trou. Il me
serait difficile de vous exposer dans toute leur
horrible vérité, nos tourmens, nos craintes,
nos incertitudes! Séparé de mon aide par un
corps inanimé, je ne pouvais ni entendre ses
volontés ni lui transmettre les miennes. Pas
d'unité dans nos mouvemens, pas de concert

dans nos efforts; la fatigue était double. Nos fronts dégouttaient de sueur; mais courage et patience : un de vous deux était déjà sorti. Lequel? nous l'ignorions; vos figures étaient tellement meurtries, souillées de sang et de boue qu'un frère n'eût pas su vous reconnaître. La seconde épreuve ne fut ni moins pénible ni moins heureuse.

A l'endroit où nous voici, je commandai halte au convoi; six hommes ne suffisaient plus pour porter un corps à travers cette montée à pic, sur ce sol mouvant qui mène à la sortie. Un double voyage fut organisé, et Gapidel préposé à la garde de l'homme que nous laissions. Dans un quart d'heure j'eus atteint avec mon cortége le seuil de cette grotte. Les paysans du voisinage nous attendaient en dehors, j'en détachai huit des plus robustes et me dirigeai en toute hâte vers Sorèze, car le malheureux que nous venions d'arracher à la

mort me parut exiger des secours plus prompts
que celui que mes onze compagnons allèrent
chercher ensuite dans cette caverne.

Il était nuit close, et la nouvelle était déjà
répandue à Sorèze bien avant notre arrivée.
On illumina les maisons : la ville était en émoi,
et tout le monde sur pied ; hommes, femmes
et enfans attendaient sur le pas des portes ;
c'était à qui m'embrasserait, me presserait les
mains. On criait vive le père Bourin ! Dieu me
pardonne ! exactement comme on crie vive le
roi ! C'était une frénésie à me faire tourner la
tête si j'avais été aussi fou que j'étais heureux.

Une chose m'embarrassait extrêmement. A
qui appartenait ce corps qu'on portait derrière
moi ? Etait-ce M. de Cambon ? Etait-ce M. Daverseul ? Je n'osais moi-même trancher la difficulté.

Le hasard vint à mon aide. J'avisai dans un coin M. Ponctus, un professeur de latin.

— Monsieur Ponctus, lui dis-je, vous devez connaître M. de Cambon et M. Daverseul?

— Tiens ! parguienne, mais comme moi-même, mon ami.

— Sauriez-vous les distinguer l'un de l'autre ?

— Rien de plus aisé ; ils se ressemblent beaucoup, mais c'est égal ; je les distinguerais à tâtons ! *tactu !*

— Tant mieux ! car vous allez nous dire quel est celui des deux que voici. Et je découvris la figure sanglante.

— Oh ! mon Dieu ! quel horreur ! Et il reculait tenant ses deux mains devant ses yeux sans vouloir répondre. Je l'arrêtai fortement, car il me tardait de sortir de cette étrange perplexité.

—Je n'en sais rien ! Je l'ignore !... laissez-moi.

—Mais regardez de nouveau et prononcez-vous ! est-ce M. de Cambon ?

— Non pas certes !... Il se pourrait !...

— C'est donc l'autre ? Vite ! parlez vite ! vite !

— Peut-être !... mais je n'en suis pas sûr.

—Camarades, dis-je, chez M. Daverseul ; M. Ponctus l'a reconnu.

Ces tergiversations avaient duré moins de temps qu'il n'en fallut au cortége pour arriver à sa destination.

Oh ! quelle pitié de voir madame Daverseul, qu'on avait retenue de vive force chez elle, se jeter malgré tous sur l'homme que nous portions : Sauvé ! sauvé ! s'écriait-elle avec égarement. Puis elle ajouta sur un ton d'anxiété croissante : Et lui ! lui ! l'autre, l'autre ?

—Sauvé aussi, madame, répondis-je.

— Ah! merci, merci! et disant cela, madame Daverseul jeta sur moi un de ces regards qui enveloppent d'aise et de bonheur
celui qui s'en juge digne. Aussitôt son œil si
limpide se noya comme derrière un voile, et
je la reçus évanouie dans mes bras.

Le guide en était là de son récit; et nous
venions d'atteindre l'orifice de la grotte : il
était grand jour. Oh! que la terre nous parut
belle! comme on se proternerait devant la lumière, lorsque, huit heures durant, on a marché dans un pays de ténèbres, à travers un
air méphitique, sur une terre nue qui n'a pas
le plus petit brin d'herbe pour cacher sa
gluante nudité. Oh! passer ainsi et sans transition d'une nuit sombre à un jour brillant...
c'est un bonheur qu'il faut avoir savouré pour
le bien comprendre. Sans doute il vous est arrivé, dérogeant aux habitudes paresseuses et
citadines, d'assister à un lever de soleil dans

la campagne. Ce réveil de la nature, ce bruis-
sément folâtre qui circule dans l'air matinal,
cette teinte de blancheur et d'espérance dont
se colore l'Orient ; ces derniers adieux de l'é-
toile qui pâlit ; le premier œil ouvert de cet ar-
gus de flamme qui se découvre peu à peu en
roulant devant lui des ondées de pourpre lumineuse : ce spectacle vous a ému, transporté,
ravi. Et pourtant, ce n'est que par degrés que
la nature vous a initié à toutes ses splendeurs.
Entre ces deux extrêmes, la nuit et le jour,
Dieu nous a ménagé une transition, le crépus-
cule. Jugez de notre enthousiasme quand elle
se révéla à nous *ex abrupto*, cette belle nature,
cette nature riche, gaie, exubérante du midi,
ce soleil d'or qui se promène dans son ciel
bleu ; à nous qui échappions à peine à une
nuit profonde... Lazare ne dut pas être plus
émerveillé au sortir du tombeau. Dans notre
joie délirante, nous eussions voulu nous jeter

dans les bras de la nature entière. Volontiers nous eussions embrassé l'herbe que nos pieds foulaient. Comme François le Séraphique, il nous prenait envie d'entamer de tendres dialogues avec les oiseaux qui volaient dans l'air, les arbres qui nous prêtaient leurs ombres, le vent frais qui respirait dans nos cheveux. Absorbés par cette extase, nous arrivâmes aux portes de Dourgne, sans presque avoir échangé une parole. Chose étrange, au milieu de la campagne; pour si belle que soit la nature qui vous environne, l'homme ne se trouve ni pauvre, ni laid; sans doute parce qu'il n'existe aucun rapport de comparaison entre elle et lui, et qu'il s'oublie lui-même vis-à-vis de toutes ces magnificences. Mais qu'un homme, fût-il un rustre, vienne à passer; qu'un village, qu'un simple hameau se présentent, et malgré vous, à votre insu, un pa-

rallèle s'établit aussitôt, et vous faites un retour sur votre personne.

Cette opération involontaire nous suggéra,
à mon ami et à moi, ces diverses réflexions
qui se terminèrent par de mutuels éclats de
rire à l'aspect du grotesque accoutrement que
vous savez. Par surcroît, une couche de boue
brochant sur le tout, avait métamorphosé notre costume en un seul fourreau assimilable
au plus dégoûtant des uniformes. Il fallait un
certain courage (le seul qu'on n'ait pas en
France) pour s'insinuer ainsi dans une petite
ville où la curiosité est toujours aux aguets, où
portes et fenêtres sont autant de loges ouver-
tes sur le spectacle de la rue. Oserons-nous,
sales et déguenillés, nous offrir en holocaute
aux regards de l'oisiveté villageoise? A vrai
dire, notre bravoure n'osait affronter cette
perspective. Le père Bourin eut pitié de notre
légitime embarras; une hutte qu'il possédait

dans sa vigne nous servit de cachette, en attendant qu'elle devînt notre vestiaire, alors qu'il nous rapporterait des habits qu'il alla chercher à l'hôtellerie de Dourgne.

Je profitai de ce tête à tête pour prier M. Daverseul de continuer son histoire.

— Soit, me dit-il, je vais la reprendre à l'endroit où l'a laissée ce brave homme. Je suis seulement fâché qu'il ne soit pas là ; il m'eût aidé à remplir une lacune, assez peu intéressante, il est vrai, mais qu'il n'est pas en mon pouvoir de faire disparaître ; et pour cause, ajouta-t-il en souriant. Je ne sais rien de ce qui se passa durant les premiers huit jours qui suivirent : toutes mes forces étaient trop absorbées par le duel à outrance que je livrais à la mort, pour qu'il m'en soit demeuré quelque chose, même des impressions.

Un matin, je sentis mes yeux s'ouvrir, comme après un sommeil long et pénible. Si

l'enfant avait la conscience de sa naissance,
je suppose qu'il devrait éprouver une sensation à peu près pareille; je crus renaître : il
me sembla que je resaisissais la vie par la dernière branche qui m'était offerte. Malgré la
double barrière des persiennes et des rideaux,
le soleil avait éludé ce *veto* du docteur pour
envoyer quelques rayons au pied de mon lit.
Je regardai autour de moi; mais d'abord, je
m'imaginai que je voyais mal, car je ne re-
connus dans tous les meubles qui m'entou-
raient ni mon secrétaire, ni ma table de travail, ni ma petite bibliothèque en merisier.
Les meubles qui avaient remplacé ceux-là ne
m'étaient pas inconnus, mais ce n'étaient pas
les miens.

Alors je les examinai un à un, je creusai le
vague de mes idées, je fis appel au peu de mémoire que j'avais à mon service, et je me ju-
geai fou. En effet, il me sembla que j'étais dans

la chambre de madame Daverseul ; dans cette
chambre où je n'avais jamais pénétré sans
sentir ma poitrine se gonfler et mon cœur battre avec violence ; dans ce sanctuaire où je ne
posais jamais le pied sans trembler autant que
sous les voûtes d'un temple ; vénération que
je m'imposais à moi-même, pour en écraser de
tout son poids ces bouillonnemens intérieurs,
ces tumultueuses pensées qui soulevaient la
vase des passions mauvaises, boue intestine
que je comprimais au fond de mon âme.

L'inventaire que je ne me lassais pas de
faire de cette chambre adorée, me confirma
dans ma première croyance. Plus de doute, je
suis dans sa chambre. O délire ! ô fougueuses
illusions ! Je me soulevai sur mon séant afin
de me donner à moi-même un certificat
d'homme qui agit et qui veut, qui pense et qui
veille. Ce mouvement subit réveilla mes dou-

leurs, et la souffrance me ramena incontinent à ma position horizontale.

Aux cris aigus que je fis entendre, quelqu'un accourut.

— Par pitié, demandai-je, apprenez-moi où je suis ?

— Chez un ami, répliqua mon docteur.

— Et pourquoi pas chez moi, monsieur ?

— Vous le saurez plus tard ; mais vous serez bientôt en état de quitter cette chambre, si vous le désirez.

— Sur le champ, monsieur, je le veux, je l'exige... je vous en supplie ! Ordonnez que je quitte cette chambre, ce lit surtout, ce lit est brûlant ; il me consume : voyez, docteur, mon sang y brûle, la fièvre me calcine ; si j'y demeure un instant encore, j'y mourrai, je le sens ; sauvez-moi ! sauvez-moi !

Sur mes frénétiques instances, on me transporta le soir même dans mon domicile, que M. Daverseul venait de laisser vacant.

Ainsi cette méprise dont M. Ponctus était l'auteur et nous les victimes, un seul jour suffit à la réparer matériellement. Mais le mal était produit : la nouvelle de ce funeste quiproquo avait couru de bouche en bouche. Vous comprenez avec quelle malveillance furent interprétés les soins affectueux que m'avait prodigués madame Daverseul, alors qu'elle partageait l'erreur générale. O ignominie! on alla jusqu'à prétendre que ce malentendu avait été concerté peut-être : on parla presque de jeu joué. Pauvre femme !

III

Le premier jour que mon docteur et ma maladie me permirent de me tenir debout, je me promenais seul dans ma chambre. On frappa discrètement à la porte, je vais ouvrir : c'était madame Daverseul ; mais pâle, tremblante, éplorée.

— Qu'avez-vous, madame ? lui dis-je en la priant de s'asseoir : vous avez l'air de souffrir ?

— N'est-ce pas ? reprit-elle en secouant la tête ; oh ! oui, je souffre, je souffre beaucoup : et elle appuya la main sur son cœur.

— Croire que je puisse quelque chose pour

votre soulagement, c'est un espoir dont je n'ose me flatter, madame.

—Ecoutez, monsieur, vous déciderez après, reprit-elle d'un air solennel.

— Parlez, ordonnez, madame, j'obéirai : trop heureux d'accomplir un ordre qui émane de vous.

— Mon mari n'est plus le même à mon égard : si vous saviez, monsieur, avec quelle froideur il reçoit mes soins assidus, de quel sourire glacial et sceptique il récompense mon zèle. J'ai essayé de redoubler de prévenances, j'ai voulu l'accabler de mes caresses : il les a repoussées avec un dédain poli : M. Daverseul ne croit plus en moi. Entre nous il existe une arrière-pensée; entre nous se dresse le doute. L'œil soupçonneux de mon mari interroge tous mes regards, épie tous mes gestes : il voudrait scruter le plus intime de mon âme : il est jaloux autant que je suis malheureuse. Cette démarche va peut-être me perdre à jamais ; mais, jugez si le service que j'implore de vous est important, cette démarche est indispensable, et je n'ai pas hésité une minute à l'accomplir.

—Oh! mon Dieu, madame, vous m'effrayez!

— La méprise fatale, poursuivit-elle, la méprise qui suivit votre catastrophe de la grotte a glissé le soupçon dans l'âme de mon mari et le deuil dans mon ménage. M. Daverseul s'est fait raconter les plus minutieux détails, les épisodes les plus insignifians : enfin, mon mari a compris ou deviné que je vous aime.

— Madame, m'écriai-je hors de moi, cet aveu me rend tout mon courage ; il centuple mes forces : me voici à vos pieds : qu'exigez-vous de moi?

—Que vous quittiez ces lieux... à l'instant... sans retour.

— Plutôt cent fois la mort, madame; que je prenne la fuite, que je vous abandonne

quand vous venez d'inonder mon cœur d'une
ineffable félicité; quand d'un mot vous venez
de réaliser mes rêves les plus ardens; mes
souhaits les plus inespérés. Jamais, madame!
Mais pour me contraindre à l'exil, il fallait m'accabler de vos dédains, de votre froideur. Et
qui sait encore s'il m'eût été possible de m'é-
loigner de votre présence adorée? N'insistez
pas, madame; je resterai, car vous m'aimez,
oh! vous l'avez dit, vous m'aimez!

— Oui, monsieur, je le répète, je vous
aime!

A ces mots, madame Daverseul se leva, et
l'air grave de sa figure, la dignité de son geste
ne furent pas démentis par l'imposante fierté
de ses paroles.

— Oui, je vous aime, reprit-elle, pourquoi
le nier? Mais en fouillant tous les replis de
mon cœur, je saurais bien y trouver de la
haine et du mépris pour l'homme dont l'é-

goïsme me repousse quand je lui demande
l'aumône de ma tranquilité et de mon honneur. Oui, j'en jure Dieu, si ma prière vous
laisse insensible, j'apprendrai à vous mépriser
et à vous haïr, car l'honneur que je vous demande, ce n'est pas le mien, c'est encore celui
de ma fille, d'une enfant à qui je ne dois pas
laisser un héritage de honte et d'opprobre.
Adieu, monsieur, vous êtes un ingrat!

- Je me précipitai vers elle pour la retenir et
la calmer : toutes mes instances furent vaines;
elle disparut sans vouloir rien entendre.

Après cette douloureuse entrevue, ma détermination fut bientôt prise. Dès le lendemain
je me présentai chez M. Daverseul.

Il était assis dans un large fauteuil, un vo-
lume dans les mains qu'il faisait semblant de
lire, mais, en réalité, l'œil fixé sur sa femme
qui brodait à quelques pas de là. Il fut désa-

gréablement surpris de ma visite, ce qu'il me
témoigna suffisamment par ces paroles :

— Monsieur, je ne m'attendais pas de vous
voir sitôt... Pourrai-je savoir à quel motif je
dois attribuer cet honneur?

—A un devoir que je me suis imposé envers
vous.

— Lequel, s'il vous plaît ?

— Celui de vous demander pardon de tout
le mal qui vous afflige à cause de moi.

— Monsieur, il n'y a pas lieu à pardon, là
où il n'y a pas eu d'offense, reprit-il d'un ton
superbe, ainsi vous n'avez pas besoin du
mien. Et, d'ailleurs, pourquoi cette hâte?

— J'ai attendu le jour de mon départ.

A ces mots, je vis la figure de M. Daverseul
changer tout à coup. Elle avait repris cet air
de bienveillance qui lui était habituel : il m'offrit un siége à côté de lui : madame Daverseul,
qui jusque là n'avait pas levé la tête, trouvant

dans le travail de sa broderie un prétexte suffisant à cette attitude, madame Daverseul dirigea ses beaux yeux de mon côté, et par ce
geste muet me dit, avec mille fois plus d'élo-
quence et d'expression, ces mots que son mari
prononça :

— Quoi ! mon ami, vous êtes décidé à nous
quitter ?

— Dès aujourd'hui, et je viens vous faire
mes adieux.

— Mais ne craignez-vous pas, ajouta-t-il,
qu'un départ aussi subit soit mal interprété ?

—Non, répondis-je, c'est un projet de longue main que je mets aujourd'hui à exécution. Tous mes amis en sont instruits, et vous
êtes les derniers à qui je sois venu l'appren-
dre.

Cet entretien fut court : il devint affectueux, ce qu'on n'aurait guère pu prévoir à
son début. M. Daverseul me serra tendre-

ment la main, et je vis une larme reluire dans
les yeux de Jenny. J'étais au bout de mes forces; je sentais ma poitrine oppressée, des
pleurs déborder mes paupières; mon émotion
allait me trahir. Je pris congé brusquement,
comme si le feu du ciel, tombant sur cette
maison, ne m'eût pas laissé le temps de la retraite.

Rentré dans ma chambre, je donnai un libre cours à mes larmes et à mes réflexions.
Tantôt je regrettais de m'être engagé; j'aurais
voulu reprendre la résolution que j'avais publiée. Pourquoi tant de hâte, me disais-je? ne
pouvais-je pas attendre encore? Le mal n'est
peut-être pas aussi grand que je l'ai supposé.
Pourquoi m'arracher de force à cette riante
solitude où j'ai pris racine? Et d'ailleurs, faut-
il que je subisse la peine d'une faute que je
n'ai pas commise? Elle est innocente, elle!..
et moi innocent aussi!.. Non, non, coupable..

coupable devant Dieu, qui lit au fond des âmes, devant son mari, à qui j'ai dévoilé le secret de mon amour ! Aux yeux du juge suprême, la criminalité consiste dans le désir, dans la volonté, dont le fait n'est que la manifestation matérielle. Les hommes, pour vous condamner, ont besoin d'un *corps de délit;* mais l'intention suffit au tribunal de Dieu, l'intention qui émane de nous, la volonté qui est toujours libre, tandis que l'action ne l'est presque jamais. Oui, oui, je suis coupable : je dois, je veux partir ; cet air me pèse, il est trop chargé de souvenirs et de remords !

Et parlant ainsi, je sortis de ma maison et je courus dans la rue comme un insensé. Une heure me restait encore; où la passer ? Celui qui a fait ses adieux doit se considérer comme exilé déjà. Quel ami avais-je le droit d'attrister de mes plaintes ? à quelle porte pouvais-je

frapper? en disant : Voici un malheureux; ouvrez!

L'église de Sainte-Marie se rencontra sur
mon passage. Une église! c'est le refuge de
ceux qui n'en ont point. Dans une église, on
est toujours le bien venu! triste ou gai, humble ou puissant, la porte s'ouvre pour tous.
Bien souvent j'étais venu puiser des consola-
tions et des conseils dans le silence inspirateur
de cette basilique. Maintes fois j'avais senti ma
tête ardente se rafraîchir sous l'air glacial
qui tombait de ces pieuses ogives : mes pensées vagabondes bondissaient moins impé-
tueuses, et je rapportais toujours de cette visite un peu de la paix et de la sérénité du saint
lieu.

Ce jour-là, l'église me sembla s'être revê-
tue d'un aspect plus sévère que de coutume;
les rayons d'un soleil mourant, tombés à travers la rosace, s'épanouissaient, près du *jubé*,

dans un pêle-mêle de couleurs indécises , et
plongeaient le reste de l'édifice dans une obscurité à laquelle l'œil s'habituait insensiblement. J'aperçus , au fond d'une petite chapelle , une femme agenouillée : si absorbée
qu'elle parût dans sa méditation , le bruit de
mes pas lui fit détourner la tête ; elle tressaillit et se leva.

C'était elle !... c'était Jenny !...

C'était elle ! et je ne courus pas à ses pieds ;
c'était elle ! et je ne me précipitai pas pour embrasser ses genoux et les mouiller de mes larmes !... Cloué à ma place par un irrésistible
pouvoir, je demeurai anéanti comme devant
une apparition terrifiante. Je ne me sentais
plus exister : toute ma vie était passée dans
cette femme que je vis glisser dans l'ombre ,
fuir et disparaître.

Je ne fus pas plus tôt seul que le sentiment
de ma personnalité revint , et, avec lui, la

désolation et les larmes. Je me maudissais
pour ma lâche immobilité; je me reprochais
amèrement de ne m'être pas jeté en travers
de la porte pour barrer le passage à cette
femme, et en arracher un adieu, un mot, un
soupir un geste. Et j'errais éperdu dans cette
église déserte, et je parcourais mille fois le
chemin qu'elle avait suivi; puis je me précipitai à genoux sur la dalle où je l'avais vue
prier : je couvris de baisers brûlans la place
où elle était naguère; je cherchais dans l'air
un parfum oublié; je demandais à l'écho des
sombres voûtes de me rendre le frémissement
de ses pas, le frôlement de sa robe, et je
n'entendais que mes sanglots.

Tout à coup, prosterné la face contre terre,
je sentis un anneau sous mes doigts; je le
pressai contre mes lèvres; je le dévorais des
yeux; car cet anneau pieux, où était jalonné
en relief une dixaine du rosaire, cet anneau

avait sans doute appartenu à Jenny : il avait
été le témoin et l'instrument de ses prières.
Mais comment se trouvait-il dans mes mains?
Était-ce hasard, ou volonté? oubli de sa part,
ou bonheur de la mienne? L'avait-elle perdu
dans la préoccupation de sa fuite? Me l'avait-
elle laissé à dessein? Ma pensée flottait entre
ces deux probabilités.

Don ou larcin, je remerciai le ciel de ce tré-
sor, et je l'emportai comme le signe du bonheur de toute ma vie que je venais de voir
disparaître avec cette femme idolâtrée.

IV

Trois jours plus tard, je gravissais la fron-
tière d'Espagne ; et, un mois après, du fond
d'un séminaire de la Catalogne, où j'étais allé
demander asile, j'écrivais au vicomte de Cambon, mon père, pour m'excuser de n'avoir pu
prendre la hardiesse d'aller lui dire un adieu
qui nous eût déchirés.

Voici cette lettre :

« Peut-être vous sera-t-il difficile, mon
père, de me pardonner une résolution que
j'ai prise et exécutée sans votre consentement; mais vous serez sans doute attendri en
songeant à ce qu'il m'en a coûté de souffrances
et de courage pour ne pas venir me jeter dans
vos bras et recevoir de vous le baiser d'adieu.
Oh! combien j'aurais désiré, mon père, faire
provision, à vos genoux, de conseils et de
forces pour mieux supporter l'absence! Hélas!
je n'avais point oublié que, rempli d'un louable
orgueil pour votre famille, vous souhaitiez que
votre fils unique, en restant dans le monde,
perpétuât votre nom vénéré et les exemples
de votre noble existence. Je me rappelais encore une inexorable parole qui vous avait
échappé lorsque ma pauvre mère, à son lit de
mort, plaidait pour mon penchant religieux.
Je l'aimerais autant mort que prêtre! fut votre
réponse. Et pourtant, mon père, il m'a été

impossible de résister à cet appel du Seigneur!
Mais je n'ai pas voulu vous désobéir en face;
je n'eusse jamais osé affronter vos colères en
votre présence, car au bout je pouvais rencontrer une terrible malédiction!... La violence vous l'eût arrachée peut-être; mais, si
je connais bien votre cœur, le sang-froid de
la réflexion ne saurait vous l'inspirer, et votre
main se refuserait à l'écrire contre un fils qui
expie dans la douleur et les larmes tout le mal
que vous causera sa détermination. Pardon-
nez-lui d'être assez malheureux pour n'avoir
pu sacrifier sa vocation à celui auquel il eût
volontiers sacrifié sa vie! Pardonnez-moi,
mon père, car je n'ose vous demander qu'à
deux genoux une faveur que de vous-même
vous m'offriez autrefois, celle d'embrasser
votre auguste figure. »

Cette lettre écrite, je me sentis allégé d'un
grand poids. L'aveu de ma désobéissance m'é-

tait pénible à faire, et je me félicitai d'avoir
pu le formuler en le motivant devant ce juge
inflexible que j'appelais mon père. Long-temps
j'attendis une foudroyante réponse ; mais elle
n'arriva point : déjà j'éprouvais l'influence du
nouveau régime auquel j'étais soumis. Dans
le monde, on vit peu en soi et de soi : le bruit
qui se fait à l'entour étouffe la voix intérieure
de l'individu. Dans la solitude, au contraire,
tout étant silence au dehors de vous, l'agitation et le bruit se réfugient au dedans. C'est
dans la solitude qu'on estime la valeur, qu'on
peut mesurer la durée et connaître la nature
d'un sentiment.

Mon amour s'agrandit au sein de ma retraite ; mais il s'épura aussi : madame Daverseul avait cessé d'être pour moi une femme
que je ne pouvais aimer sans crime. Mon atta-
chement s'était imprégné de je ne sais quoi
de céleste et d'éthéré ; il tenait à la fois de

l'affection que vous inspire une sœur et une
mère. Je me complaisais dans cette passion ;
je m'y abandonnais sans remords ; j'étais heureux d'imaginer que ma bien-aimée conservait de moi un noble souvenir. Tantôt, emporté sur les ailes de ma volonté, ma pensée
se jouait des distances pour aller surprendre
madame Daverseul dans quelque occupation
que je lui savais familière. Comme autrefois,
je n'éprouvais plus de ces transports jaloux
qui fixaient l'insomnie au chevet de ma couche, en songeant que cette femme se vouait
au bonheur d'un autre : plus de ces désirs de
vengeance, de ces imprécations haineuses, de
ces élans furibonds qui venaient m'assaillir
durant mes nuits désolées. Mon amour était
devenu calme et solide : aussi pur que cet anneau d'argent qui me rattachait à la terre et
au ciel : au ciel par la prière, à la terre par le
souvenir. L'événement que je vais dire servit

encore à me rendre plus cher, s'il était possible, ce gage si précieux. J'avais choisi pour
mon directeur spirituel un abbé dominicain,
le père Manoël. En stratégicien habile, il avait
étudié le fort et le faible de mon âme, et il
avait mesuré les épreuves à mes forces de no-
vice : or, à proportion que celles-ci grandis-
saient, il multipliait aussi celles-là.

Il y avait trois ans que je menais cette existence de dévotion et d'ascétisme. L'ordination
approchait, et l'austérité de ma conduite m'a-
vait attiré les faveurs d'être *appelé* aux fonctions de diacre. Le père Manoël me fit mander
dans son oratoire la veille de cette solennité ;
là, d'un ton à moitié sévère, à moitié amical,
il me parla ainsi :

— Mon fils, jusqu'à présent, vous étiez libre
encore ; mais il s'agit aujourd'hui de prononcer des vœux indissolubles. Moi qui suis garant de votre fidélité devant Dieu, j'ai besoin

d'avoir devers moi tous les otages de la sincérité de votre foi. A ce titre, mon fils, je désire que dès ce jour vous vous sépariez de
votre anneau d'argent , et que vous l'offriez à
ce Dieu jaloux dont vous allez être le représentant sur la terre.

—O mon père, interrompis-je, condamnez-
moi aux pénitences les plus rudes, aux macé-
rations et aux jeûnes les plus violens : je suis
prêt à tout , mais n'exigez pas un si grand sacrifice si vous ne voulez me contraindre à la
désobéissance.

—Il le faut , répliqua sévèrement le père
Manoël ; et me voyant tombé à ses pieds , il me
releva d'une main nerveuse et sans prononcer
une parole il me conduisit en face d'une Bible ;
il l'ouvrit à l'évangile de saint Luc , et du
doigt me désigna ce verset qu'il me fit lire à
haute voix : « Si quelqu'un vient à moi et ne
hait pas son père et sa mère , sa femme et ses

enfans ; ses frères et ses sœurs, et même sa propriété, il ne peut être mon disciple. »

— Oh ! mon père, par pitié, n'exigez pas ce gage innocent, ce souvenir sacré d'une passion éteinte.

Et le dominicain secouait la tête.

— Vous résistez, vous êtes inflexible, m'écriai-je. Eh bien ! vous serez la cause de ma damnation. Pourquoi exiger un sacrifice au delà de mes forces, pourquoi imposer à mes épaules un poids qui les écrase ? Mais sans me répondre directement, le révérend père jeta un regard sur la Bible et lut d'une voix forte ce verset du même évangile : « Quel est celui d'entre vous qui, voulant bâtir une tour, ne suppute auparavant la dépense qui sera nécessaire afin de s'assurer s'il aura de quoi l'achever ? » Et tournant le feuillet, il continua sur un ton plus grave : « Nul serviteur ne peut servir deux maîtres ; car où il haïra et aimera l'autre, où il s'attachera à l'un et méprisera l'autre. » Aussi, ajouta-t-il, ce n'est pas moi, c'est Dieu qui vous condamne, mon fils. Qu'un exemple éclatant d'insubordination ne soit pas donné par vous, car, je le déclare, votre diaconat en dépend ; mais j'espère que vous réfléchirez, termina-t-il en me reconduisant ; plus le sacrifice est pénible et plus il est agréable à Dieu. Je viendrai dans une heure prendre cet anneau que vous me donnerez librement. Dieu vous assiste et vous protége, mon cher fils ! Le ton dont il accompagna ces mots fut sec ; j'entrevis que c'était comme une sentence contre laquelle il n'y avait pas à lutter, je m'inclinai sans rien répondre.

Rentré dans ma cellule, mes pleurs débordèrent : je me certifiai cent fois à moi-même que je n'aurais jamais le courage de tenir la promesse tacite que je venais de faire. Plutôt la mort que cet abandon, m'écriai-je.

Et parlant ainsi, je tombai presque épuisé sur món escabeau de bois. Alors il s'éleva un tourbillon confus dans ma tête, comme un chaos fourmillant d'idées obscures, au milieu duquel toutes bouillonnaient sans qu'une d'elle fût assez précise, assez dominante pour jaillir à la surface : dès que le trouble se fut éclairci ainsi qu'une fontaine qui reprend sa limpidité, je pus regarder au fond où je ne trouvai qu'une idée unique aboutissant, sous toutes les formes, à cette conclusion : je dois conserver cet anneau, n'importe à quel prix.

Et pour y parvenir, n'ayant pas l'énergie d'être fort, je m'essayai à me faire lâche. Je m'abaissai jusqu'à un projet de ruse et de mensonge. Il s'agissait de substituer un anneau de même nature à celui que je sauverais subrepticement ; mais ces manœuvres, indignes de ma loyauté, furent bientôt condamnées au tribunal de ma conscience. Alors la voix sé-

vère du père Manoël retentit à mes oreilles,
son œil impérieux et son geste inexorable se
reproduisirent dans mon esprit : le scandale
imminent du lendemain se dressa devant
moi. Et tout ce scandale, et tout cet effroi, se
multipliant l'un par l'autre, me jetèrent dans
une résolution qui donnait gain de cause à
mon obéissance : aussi, pour profiter d'une
surexcitation momentanée, comme un poltron
qui veut utiliser un instant inopiné de bravoure, je saisis mon anneau et me dirigeai en
courant vers l'oratoire du père Manoël.

Déjà je posais le pied sur la première marche de l'escalier quand le concierge de la com-
munauté vint à moi pour me remettre une lettre. Jugez de mon étonnement !

Je me saisis de la précieuse missive, la seule
qui depuis trois ans me fût parvenue dans
mon couvent, et je retournai sur mes pas pour
aller la lire dans ma cellule.

Une lettre dans le monde, c'est un de ces mille accidens journaliers qui perdent tout leur intérêt par leur banalité et par leur fréquence. Pour la plupart, ce sont des phrases futiles, de légers souvenirs, des *tenant-lieu* de visite, et pourtant qui a jamais brisé un cachet sans éprouver ce sentiment de curiosité et d'hésitation qui sert de préface à tout inconnu qui va se révéler. Dans la solitude où de telles communications sont si rares, il est laissé à une lettre toute la grave solennité d'un événement; aussi, avant de rompre le fatal cachet, je m'appuyai pour attendre que le tournoiement vertigineux qui obscurcissait ma vue m'eût permis de lire les lignes que voici :

« Généreux ami,

» J'ai eu le malheur de perdre l'an dernier M. Daverseul. Si trois ans d'absence n'ont

pas changé votre cœur, et si vous m'aimez
encore la moitié comme je vous aime toujours, ma petite Pauline retrouvera en vous le
père qu'elle n'a plus. Adieu.

« Veuve Jenny Daverseul. »

— Si je l'aime, m'écriai-je en froissant ce
billet sous mes caresses : si je l'aime, Jenny !
Oh ! ce doute ne se fût pas rencontré sous ta
plume si tu avais pu être témoin du combat
que je viens de livrer à Dieu, oui à Dieu lui-
même pour notre amour. Ou plutôt pourquoi
blasphémer la providence ? N'est-ce pas elle
qui me vient en aide aujourd'hui ? Elle n'a pas
voulu que je demeurasse enfoui pour toujours
dans cette triste solitude. Ce silence me pèse,
me glace et m'effraie ; ce calme a quelque
chose de lugubre, de sépulcral. Oh ! je le sens,
il me faut le bruit, l'agitation, la vie, le
monde, le travail avec toi, Jenny, à côté de

toi et pour notre enfant, pour *notre* Pauline.

Je relisais mille fois cette lettre chérie, je la
couvrais de baisers frénétiques ; puis, par cet
instinct de la passion qui pousse l'amant à
baiser avec ardeur les traces de sa bien-aimée,
moi qui étais privé de cette joie, je suivais avec
ma plume les moindres contours indiqués par
celle de Jenny. Je croyais ainsi m'assimiler
davantage à elle et à ses pensées : sur ces indices, je recomposais son attitude, son geste,
ses sensations. Qu'elle a dû souffrir en écrivant
ce mot ! sa main était ferme en traçant cette
phrase ; et m'abandonnant aux inductions de
l'imagination la plus complaisante, j'étais parvenu à voir cette femme devant mes yeux :
elle était là à côté de moi. Je gémissais, je
souriais avec elle, je lui parlais en lui pressant la main.

Alors je mis l'anneau d'argent à mon doigt
et me relevant plein d'énergie et de volonté,

je m'adressai à cette douce vision : Jenny,
m'écriai-je, ma Jenny, à la face du ciel qui
m'entend, cet anneau qu'on voulait m'arracher, cet anneau que je conserve sera celui de
notre mariage, je te le jure !

Et profitant du moment où tous mes frères
vaquaient à l'exercice du soir, je m'échappa
de ma cellule. D'arbre en arbre, je me glissai
discrètement jusqu'à un petit bois dont notre
parc ombrageait les abords d'un vivier. Parvenu ainsi auprès de la muraille, un oranger
me prêta ses branches dont je me fis une
échelle pour monter. Arrivé au haut de ce
mur de clôture, je balançai quelque temps et
je prêtais l'oreille pour savoir si ma fuite n'a-
vait réveillé aucune attention sur mon passage. A cheval sur cette muraille circulaire,
il me sembla être moi-même le fléau de cette
balance terrible du jugement dernier, et que
de ma résolution allait dépendre le sort de ma

vie éternelle. Il me parut encore que j'étais
grimpé sur ce pont étroit que le poète place
entre l'enfer et le paradis; puis, de vision en
vision, de terreur en terreur, je me sentis
seul, debout entre ma perdition et mon salut.
Cette cruelle alternative me tourmentait, mais
peu à peu le silence et les ombres qui m'envi-
ronnaient ramenèrent mon esprit à des idées
plus exactes, à la réalité déjà si imposante de
ma situation. J'étais prêt à quitter un séjour
qui trois ans m'avait servi d'asile : un lieu où
j'avais pleuré, prié et rêvé de celle que j'ai-
mais tant ; refuge consolateur où j'avais rencontré la paix de la conscience et des sens, si
ce n'est le bonheur et le plaisir. Cette reli-
gieuse enceinte qui se déroulait placide à mes
regards m'offrait les pures délices, les saintes
amitiés du cloître. Je me voyais entre le calme
et la tempête, entre la solitude et le monde.
Toutes ces réflexions eussent fini peut-être

par faire pencher le plateau du côté du séminaire, si je n'avais aperçu dans les ténèbres
une ombre qui se dirigeait vers ma cellule.

Les trois coups que frappa à la porte de ma
cellule le père Manoël (car c'était lui, je l'imaginai du moins), me restituèrent toute ma première ardeur de la fuite. Je pressai contre
mon cœur cet anneau qu'il venait me ravir au
nom de Dieu, et je me laissai *couler* du côté
de la campagne en prononçant comme une
invocation heureuse le nom de ma patrie :
France! France!

Je n'entrerai pas dans les détails de ma fuite aventureuse. A quoi bon raconter ce que vous devinerez à merveille? Des courses inutiles, des mécomptes, des nuits sans sommeil, mais non sans périls et sans fatigues. Et que m'importait tout cela, puisque chaque pas me rap-prochait d'elle! Enfin, trois jours ne s'étaient pas écoulés que je foulais sous mes pieds le plus beau piédestal que puisse se faire un homme, je contemplais la France du formidable sommet des Pyrénées. Oh! combien je portais envie à ce nuage que je regardais au dessous de moi. Comme j'aurais voulu rouler avec lui d'abîme en abîme, descendre à pas de géant cette échelle de montagnes pour arriver sur les ailes du vent ou les flèches de l'éclair jusqu'au lieu chéri dont je cherchais à découvrir la direction à travers les clairières d'un brouillard lointain.

Au premier village de France, je trouvai un domestique qui m'attendait; il me pria d'accepter un cheval qu'il avait amené à mon intention, et à ma grande surprise. Le même homme me fit aussi changer mon costume ecclésiastique contre des vêtemens séculiers qu'il m'apportait. Questionné sur la personne de qui lui venaient de pareils ordres, il nomma madame Daverseul.

— Quelle femme? dis-je à part moi. Elle a jugé mon cœur d'après le sien et n'a pas douté de mon affection; et cependant un jour plus tard et il n'était plus temps : rien que d'y songer je frémis !... Quelle tendre sollicitude ! quel amour !... Pauvre femme ses bonnes qualités viennent au devant d'elle et au devant de moi !

Ainsi je m'abandonnais aux idées les plus riantes, aux souvenirs les plus suaves du passé, aux rêves les plus enivrans de l'avenir.

Je cotoyais à peine les villes qui se rencontraient sur mon itinéraire : je tremblais qu'une amitié imprudente se réveillât sur mon passage, et par une affection importune me dérobât une parcelle de ce temps que j'aiguillonnais de toute l'impatience de ma course.

O Toulouse! avec quel bonheur je vis disparaître derrière moi vos flèches, vos tours, vos minarets, vos clochers superbes et toute cette végétation architecturale dont se hérissent vos églises gothiques et vos palais romains !

Le même jour je sentis un grand serrement de cœur en me voyant aux portes de Sorèze.

Près de toucher au but, j'éprouvai un trouble mêlé de faiblesse : un vertige subit me fit chanceler ; un bourdonnement aigu tintait à mes oreilles.

Je ne ressaisis un peu de calme que lorsque je pus contempler dans une douce extase une petite maison blanche qui s'unissait à la rue par une assise jetée en travers du ruisseau. Quelle fraîcheur ! quelle décence ! Sa maison à elle : *ma* maison bientôt !

Respectueux et découvert, j'y pénétrai comme dans un sanctuaire. Une petite fille jouait seule dans la salle basse ; cette enfant vêtue de noir, c'était Pauline. A mon approche, elle se dérangea de son jeu, me sourit et de ses petites mains fit mine de m'avancer une chaise que je m'empressai d'aller prendre moi-même.

— Ma bonne Pauline, lui dis-je en l'embrassant.

— Vous savez comment je m'appelle ? reprit-elle avec une surprise ingénue.

— Oui, ma chère enfant, et je la pris sur mes genoux : je la dévorais des yeux ; je cherchais avidement dans sa figure quelque trait de ressemblance avec cette femme que sans doute j'allais voir paraître, avec Jenny, qui était là dans quelque pièce voisine, qui m'entendait peut-être.

La petite Pauline, étonnée de mes transports de joie, ne comprenait rien à mes extases, à mes folies.

— Tu es ma fille, lui disais-je en l'embrassant plus fort : je serai ton père, va! Je t'ai-

merai bien, nous jouerons ensemble; qu'en
dis-tu, ma Pauline?

— Oui, monsieur.

— Je ne veux pas que tu m'appelles *monsieur*. Appelle-moi papa, c'est plus joli.

— Oh! non, vous n'êtes pas mon papa,
vous: j'en ai un qui est au collége.

— Pauvre petite! pensai-je, pourquoi la détromper?.. Et ta maman; où est-elle?

A cette interrogation qui me coûta beaucoup, Pauline s'échappa de mes bras pour cacher sa figure dans ses petites mains, et s'en
alla pleurer à l'écart comme une colombe
blessée: je la suivis.

— Ma bonne Pauline, lui dis-je, pourquoi
me fuis-tu? Je ne veux pas te faire de la
peine; je suis ton ami, l'ami de maman. Dis-
moi: où est-elle?

— Vous le savez bien, méchant! reprit la
petite fille avec un mouvement de tête où per-

gait un dépit enfantin : vous le savez aussi
bien que moi; maman dort.

— Elle dort : mais où donc, ma fille ?

— Elle dort là bas!

En même temps, son petit doigt désignait
le côté où est l'église.

— Où donc? parle, explique-toi, ma bonne
Pauline.

— Mais là bas, ajouta-t-elle toujours avec
le même geste; là bas, sous une croix. Oh!
elle doit avoir bien froid, allez! sous l'herbe,
la nuit, car elle ne s'est pas réveillée depuis
dimanche.

— Depuis dimanche! que veux-tu dire,
mon enfant? m'écriai-je en proie à la plus vive
anxiété.

— Oui, dimanche, des hommes vinrent la
chercher dans une caisse blanche et l'empor-
tèrent avec de beaux cierges. Moi, je ne vou-

lais pas la laisser aller et je pleurais, papa aussi pleurait : mais on nous la prit.

—Pauline ! Pauline ! tu es folle, mon enfant... Ta mère serait morte... Que dis-tu là?...

— La vérité ! cria une voix énergique, et en même temps j'entendis derrière moi une porte s'ouvrir.

Cette parole imprévue glaça mon sang et perça mon cœur comme avec un coup de poignard.

Quelle était donc cette voix?

VI

J'eus peur. Il me sembla qu'un horrible rideau venait de se déchirer derrière ma tête, et je craignais de me retourner de peur de voir se réaliser mon épouvante ; j'avais cru reconnaître la voix sinistre de mon père.

C'était bien la sienne, M. de Cambon, mon père, était bien là dans cette chambre.

— Vous mentez tous ! m'écriai-je, au com-

ble du désespoir. Vous mentez ; c'est Daverseul qui est mort, c'est Jenny, sa femme, qui
existe. En faut-il une preuve ? Lisez cette
lettre, tenez ! Et je me tournai brusquement
vers M. de Cambon.

— Cette lettre, je la connais, répondit celui-ci. Madame Daverseul l'a écrite sous ma
dictée.

— Quand ? comment ?

— A son agonie, sur ma prière.

— O piége infâme ! père impitoyable, vous
êtes mon bourreau.

— Je suis ton sauveur, mon fils.

Et me saisissant dans ses bras que je repous-
sais avec indignation :

— Merci, ô mon Dieu, s'écria mon père en
levant sa tête orgueilleuse ; merci ! La vieille
famille des Cambon ne s'éteindra pas encore!...

FIN.

sous presse

CHEZ LES MÊMES ÉDITEURS,

POUR PARAITRE EN JUILLET.

LE

TORT DES FEMMES

PAR FRÉDÉRIC THOMAS,

2 vol. in-8°.

L'AMBASSADE AUX OISEAUX,

PAR FRÉDÉRIC THOMAS,

Un vol. in-8°.

L'HONNEUR DU MARCHAND,

PAR MICHEL MASSON,

2 vol. in-8°.

Paris. — Imprimerie de Boulé et Cᵉ, rue Coq-Héron, 8.

www.ingramcontent.com/pod-product-compliance
Lightning Source LLC
Chambersburg PA
CBHW050753030726
47505CB00002B/521